혼자 남겨진 시간

문학공방

외롭고 고독한 인생을 위하여

고통을 감내하는 것

      들뜨던 마음이 숙연해지는 시기가 왔다. 베개에 얼굴을 파묻고 있다 불쑥 고개를 들었다. 십이월 손끝에 입을 맞추는 31일이 보였다. 지난날들을 돌아보는 것도, 앞날을 새롭게 설계하는 것도 지쳤다. 동그랗게 몸을 말고 다시 이불 속에 얼굴을 받는다. 실타래가 엉킨 물레방아를 물끄러미 바라보는 것처럼 마음이 막막하다. 이대로 누워있으면 안 된다는 걸 알지만, 복잡한 생각만큼 몸이 따라주지 않는다.

 누군가는 흘러가는 시간이 소중하다고 말한다. 또 다른 누군가는 복잡하게 생각할 필요가 없다고도 한다. 템포가 느린 음악을 들으며 애써 눈을 감는다.

 시간만큼 소중한 것들이 있다. 어떤 것들을 먼저 우선순위에 두어야 하는지, 때로는 그런 간단한 문제들로 골머리를 앓는다. 머리가 욱신거려 며칠 동안 고민하면서도, 한 가지를 명확하게 집어내지 못한다. 그게 인생이라고 웃으며 말하는 사람들 사이로, 당신이 내 인생을 어찌 아느냐며 소리 없이 울부짖는다. 그런 하루가 켜켜이 쌓였다. 창밖에 소복이 쌓인, 녹지 않은 지난밤 눈처럼.

 무거운 눈꺼풀과 씨름하다 알람 소리에 잠에서 깬다. 잠을 잔 것인지, 그냥 고민만 하다 만 것인지 모르겠다. 이것마저도 의미 없는 시간이라고 할 텐가. 아니다. 때론 머리 아플 정도로 고민하는 시간도 필요하다.

 자리에서 일어나 이불을 턴다. 베개를 바르게 정돈하고 부엌으로 향한다. 커피포트에 물을 잔뜩 붓고, 물이 끓는 소리를 듣는다. 물은 참 신기하게도 끓어오르기까지의 기다림이 길다. 어떤 타이밍에 도달하면, 뚜껑을 탁탁 칠 정도로 보글보글 끓어오른다. 그 타이밍은 누가 정하는 걸까? 물이 정하는 걸까, 시간이 정하는 걸까. 물이 정하는 것이었으면 좋겠다. 그럼 내 인생의 타이밍도, 스스로 알아챌 수 있을 테니까.

 머그잔에 원두 원액을 넣고 물을 붓는다. 이른 오후에

마시는 커피는 카페인에 취약한 사람에게 쥐약이다. 잠이 오지 않는 머리를 끌어안고 또 밤새 고민과 사투를 벌이기 때문이다. 그래도 호록, 커피를 마신다.

'오늘 하루는 나를 좀 더 사랑하기를….'

마른 목을 커피로 축이며 되뇐다. 머리 아픈 하루이든, 피로를 푸는 휴식이든, 바쁘게 보낸 시간이든 다 좋다. 어떤 선택을 하든, 운명은 후회를 만들어낸다. 예상치 못하게, 억지 같은 구실을 만들어내서라도 반드시, 후회하게 만든다.

바람 아래 촛불처럼 사회가 쓰러져가는 인생을 종용하듯, 삶은 그렇게 안정적이지 않다. 자유를 갈망하며 푸른 들판을 향해 뛰쳐나가고 싶으나, 그건 내 인생에는 금지된 언어 같은 것이었다. 꿈은 누구나 쉽게 내뱉을 수 있지만, 누구도 쉽게 지켜낼 수 없기도 하다. 내 인생은 다르겠지, 애써 가슴을 쓸어내리며 걸어온 삶이 타인의 삶과 별반 다르지 않다는 것을 깨닫게 되었을 때, 자조 섞인 허무함을 내뱉게 되기도 했다.

다만 확신하고 싶었을 뿐이다. 내가 걸어가는 시간이 헛된 것이 아니었음을, 이런 시간도 의미가 있었음을 말이다.

인생은 그다지 아름답지 않다. 강인한 바람에 시들어 꺼

져버린 촛불처럼, 참으로 볼품없고 간약한 것이다.

언젠가 끝날 인생에 집착하듯 산다는 건 참으로 잔혹하다. 그래도 우리는 오늘 하루를 어떻게든 잘 살아내기 위해 고통을 감내하고, 비릿한 시간을 맛보는 것이다.

타인의 인생을 괜찮다고 말한다면, 내 인생도 괜찮은 것이다. 아니, 괜찮다고 생각해야만 한다. 그 가녀린 의지만이 하루를 얇고 길게 버틸 수 있게 하니까.

살아가는 것은 꽤 괜찮다.

아니, 괜찮은 것이라고 애써 위안하는 것이다.

차례

1부

어쩌면 인생은
끝없는 터널을 걷는 게 아닐까?
이젠 뭐가 정답인지 모르겠어.
세상은 방법을 알려주지 않고
날 계속 벼랑으로만 내몰잖아.

q.
인생을 뭐라고 해야 할까?

아름다운 것?
별빛처럼 반짝이는 것?
여름 바다처럼 눈부신 것?

뭔가 명확한 정의를 내리고 싶은데
괜찮은 말이 안 떠오르네

a.
인생?
글쎄, 난 그냥
똥같던데

따돌림

옥상에서 부는 바람이 참 살갑고 따뜻하다. 내 하루들도 이런 바람 같았다면 얼마나 좋았을까?

어느 날 한 애가 내 어깨에 제 어깨를 스치더니 인상을 팍 찌푸렸어.

더러워.

그 말이 내 꿈속까지 따라다니게 될 줄 누가 알았겠어?

체육 시간에 땀을 많이 흘린 것이 이 모든 사달의 원흉이야. 체육 시간이 끝날 때마다 애들의 짜증은 집요하게 나를 쫓아다녔어. 나중에는 내 교복 재킷을 걸레처럼 집으며 서로에게 내던졌지. 낄낄거리면서 오염됐다느니,

더럽다느니 저들끼리 웃고 떠들기 시작했어.

 그저 난 땀이 많이 났을 뿐이야. 땀이 많이 나서 집에 가면 샤워도 엄청 자주 하고, 탈취제도 잔뜩 뿌리고 그래. 향수에 광적으로 집착하게 된 것도, 냄새난다는 이미지에서 벗어나고 싶었기 때문이야.

 그런데 너희는 나의 그런 노력에도 안중 없이, 나를 슬금슬금 피했잖아. 내 몸쪽으로 서로 밀치면서 무슨 좀비놀이 같은 걸 했잖아. 더럽고 지저분하다고, 손으로 털어내고 짜증 내면서, 괜히 나한테 애먼 화풀이를 했잖아.

 담임 선생님께 용기 내 말했던 날 생각나. 그때 담임 선생님이 나만 감싸고 도니까, 너희 완전 나를 경멸하는 눈으로 쳐다봤잖아. 겨우 그것 때문에 담임한테 일러바친다고 말이야. 그런데 너넨 내 입장 한 번이라도 생각해본 적 있어? 너희는 장난이었을지 모를 것들에, 나는 하루에도 수십번씩 아파트 옥상에서 떨어져 죽는 상상을 해. 교복을 향수로 떡칠해도, 귀밑까지 단발머리를 싹둑 잘라버려도, 난 여전히 너희들한테 더러운 애잖아. 그럼 내가 노력하는 게 무슨 소용이야. 난 여전히 더러운 애잖아.

 어떻게 해야 할지 모르겠어. 이젠 정말 아무것도.

 난 그저 난간에 걸친 발끝만 바라볼 뿐이야.

오후 세 시쯤이다. 직장인들이 파도처럼 밀려들었다가 빠지면, 작은 분식집은 잔잔한 강가에 떠 있는 나뭇잎처럼 된다. 직원들은 한 테이블에 모여 앉아 중국 음식을 먹고 있다. 분식점에서 다른 가게의 음식을 먹는다는 것이 이상하게 보일 수도 있지만, 한편으론 이해가 가기도 한다. 쉬는 순간에는 음식을 만드는 일을 하고 싶지 않았을 테니까.

"김밥 한 줄 주세요. 그냥 기본 김밥이요."

김밥 한 줄을 주문하고 빈 테이블에 앉는다. 직원 한 명이 입 한가득 밥을 오물거리며 자리에서 일어난다. 그러고는 위생장갑을 끼고 능숙하게 김밥 김을 깐다. 채 썬 당근과 길쭉한 우엉을 순식간에 넣고 돌돌 만다.

분식집 구석 자리에 턱을 괸 채로 창밖을 본다.

거리는 한산하다. 가로수 나뭇잎이 햇살에 반짝거리고, 몇몇 사람들만이 거리를 걷고 있다. 이런 한적한 시간을 가져본 적이 언제였던가? 이런 한가함과 달리 마음속은 석탄을 가득 밀어 넣은 증기기관차처럼 바쁘게 쿵쾅거렸다.

승무원이 꿈이었던 나는 갑자기 줄어든 채용공고 때문에 골머리를 앓고 있었다. 전염병 때문에 사람들의 여행 수요가 줄면서 항공사는 인원을 감축하거나 없어지고 있었다. 어떤 항공사에서 일하든 상관없었다. 내 꿈은 그저 상공에서 멋진 유니폼을 입고 유창한 영어를 구사해 보는 것이었다. 그 꿈은 눈앞에서 멀리 달아나고 있었다. 대체 어디서 잘못된 건지 알 수가 없었다.

"앞접시는 저기 있고요. 김치, 단무지는 셀프에요."

직원이 김밥이 담긴 접시를 앞에 내려놓는다. 나는 바로 그 자리에서 바로 김밥 두 개를 한입에 밀어 넣는다. 직원은 다시 제자리로 터덜터덜 걸어갔다. 천장에 달린 텔레비전에는 아침드라마 재방송이 나오고 있다. 직원들은 텔레비전을 보며 어제 아침 방영한 줄거리에 대해 이야

기했다. 세상에 저런 막장이 있느냐고 유난을 떤다. 나는
다리를 떨며 핸드폰을 들여다보았다.

차라리 분식집 직원처럼 누군가가 나에게 답을 알려주
었으면 좋겠다. 셀프로 가져갈 수 있는 것들이 있다는
걸, 어떤 걸 골라 먹으면 된다는 걸 말이다. 인생도 그런
길이 있다면 입사 시험을 준비하는 것도 더 수월할 것이
다.

몇 년째 공부만 제자리걸음 중이다. 평균 이상의 영어
점수도, 자격증 취득도 할 수 있는 건 다 했다. 경력을 우
대한다고 해서 인턴도 하고, 교육도 듣고, 서비스와 관련
된 아르바이트도 해봤다. 자기소개서 첨삭도 받아봤고,
면접 스터디도 참여해봤다. 그러나 돌아오는 건, 감정이
하나도 담겨 있지 않은 차가운 불합격 통보뿐이었다.

김밥 두 개를 또 입에 넣는다. 아직 남은 김밥 잔여물이
입안을 돌아다니고 있었지만, 나는 조급하게 김밥을 계
속 씹어 삼킨다. 요 며칠 제대로 끼니를 챙긴 적이 없었
다. 아르바이트하며 조금씩 모았던 돈은 강의료와 교재
비로 다 나가고, 고시원 월세를 내면 몇만 원 푼돈만 남
았다. 한 달을 오직 그 몇만 원으로 버티려니 눈앞이 캄
캄해졌다. 저번 달에 있었던 신입사원 채용만 붙었다면,
내가 지금 이 자리에서 김밥 한 줄을 급하게 먹고 있지

않았으리라.

갈수록 취업은 힘들어지고, 이제는 아르바이트를 구하는 것도 힘들어졌다. 인터넷 커뮤니티에 취업 준비생들이 우는소리를 했고, 누군가는 죽고 싶다는 얘기까지 했다. 청년들이 한강 물 온도를 재고 있다는 말이 우습게 들리지 않았다. 긍정적인 마인드를 끝까지 붙잡고 있지 않으면, 나도 언젠가 그렇게 암흑 속으로 빨려 들어갈 것만 같았다. 애써 흔들리는 정신을 붙잡고 김밥을 계속 밀어 넣었다. 겨우 한 줄이었던 김밥은 어느새 밥풀 두어 개를 남기고 깨끗하게 사라졌다.

밥을 다 먹고 나니 마음 한편이 허무해진다. 영양분을 채우기 위해 밀어 넣는 이 김밥 한 줄에 회의가 느껴진다. 어쩌면 나는 고작 이 김밥 한 줄을 먹기 위해 여기까지 달려온 게 아니었을까? 그럴 바엔 차라리 꿈을 포기하고 다른 일을 찾는 게 낫지 않을까? 그저 밥을 먹기 위해 일을 하는 것이라면….

젓가락을 테이블 위에 내려놓으며 한숨을 쉰다.

오늘도 인생을 포기하고 싶은 마음을 겨우 삼킨다.

　　새해를 맞던 아침이었다. 쿵쿵거리는 못질 소리
에 잠에서 깼다. 새벽 네 시 즈음 됐을 것이다. 화장실 칫
솔 걸이가 떨어졌다고 엄마가 급하게 못질을 했다. 아빠
가 이부자리에서 짜증 섞인 목소리로 내뱉었다. 아니, 여
자가 정초부터 못질이야! 그 말에 나는 벌떡 일어났다.
아빠의 큰 목소리는 언제 들어도 호랑이 같았지만, 그날
따라 그 목소리가 가슴을 서늘하게 만들었다. 그러자 엄
마는 못질을 멈추시고는 다시 안방으로 들어가셨다. 나
는 뻣뻣해진 마음을 누그러뜨리며 아빠의 문장을 되뇄
다. 조금 더 진해지는 몇몇 글자들이 가슴을 아프게 파고

들었다.

 그냥 아무것도 아닌 말들이 때로는 트라우마처럼 하루 끝까지 쫓아오기도 했다. 대학 시절 대부분을 공부에만 힘쓴 것도, 그 트라우마에서 벗어나기 위해서였다. 이런 시골에서는 아직도 여자에 대한 보수적인 이야기들이 팽배했다. 일도, 연애도 자유롭지 못했다. 어디를 가도, 누군가의 레이더망에 포착되면 곧이곧대로 아빠의 귀에 들어갔다. 아빠는 또 '여자는 조신하게….'를 들먹이며 내 마음에 회초리를 내리쳤다. 마음에 소나기 같은 채찍이 쏟아졌고, 마음이 굳기도 전에 허물어지고 무너져내렸다. 그때부터였다. 코피 터지게 공부를 시작하게 된 게. 부모님에게서 벗어나기 위해서는 반드시 내가 시험에 합격해야만 했다. 서울로 가서 번듯한 직장을 얻어 멋진 커리어우먼의 삶을 살고만 싶었다. 그래야만 이 불행하고 안쓰러운 나의 인생에도 제대로 된 쉼표가 찍힐 것 같았다.

 정말 죽지 않을 정도로 공부했다. 끼니도 먹는 둥 마는 둥 했다. 얼굴과 몸은 하루가 다르게 말라갔다. 그러나 나의 사정을 전혀 알지 못하셨던 엄마는 대체 취업은 언제 할 거냐며 타박만 하셨다. 그냥 집 근처에 괜찮은 직장 잡아서 들어가라, 마을에 아는 사람이 자리를 내준다

고 하더라…. 그 말은 내 숨통을 옥죄어왔다. 마음 같아
선 가까운 도시라도 올라가고 싶었다. 그러나 그 마음을
충족시키기 위해서는 내가 쏟을 수 있는 시간이 많지 않
았다.

 결국 나는 집안의 눈치와 잔소리에 못 이겨 근처 중소기
업 경리부에 이력서를 냈다. 불행인지 다행인지 그 회사
에는 내가 나온 학교의 선배들이 많이 다니고 있었다. 나
이가 열 살은 넘게 차이가 나는 중년의 남성분들이셨기
에, 나는 그분들을 학교에서 뵌 적도 없었다. 회사는 이
력서를 낸 지 이틀 만에 언제쯤 출근해줄 수 있냐고 물었
다. 바로 출근하겠다고 했다. 선택의 여지가 없었다.

 온종일 자리에 앉아 내 전공과는 상관없는 서류작업만
했다. 엑셀에 수식을 넣고 자료를 정리했다. 그 와중에
커피를 타는 것도 온전한 내 몫이었다. 실내에서 당당하
게 담배를 태우는 아저씨들과 그 옆에 눈살을 찌푸리며
서 있는 나 사이에는 그 어떤 긴장감도 흐르지 않았다.
다만 억지로 웃음을 지어 보인 채, 빨리 퇴근 시간이 다
가오기만을 기다릴 뿐이었다.

 전혀 내가 꿈꾸는 삶이 아니었다. 원래 꿈같은 것도 없
었지만, 이런 어른의 삶을 생각했던 건 아니었다. 모든
게 답답했다. 하지만 시간이 지나면 이 답답함도 곧 익숙

해지리라 여기며, 마음을 무겁게 쓸어내렸다. 괜찮다. 괜찮다…. 이따금 서울에서 자유롭게 생활하고 있는 친구들의 일상을 들으며, 나는 다만 괜찮다고 말할 뿐이었다.

그렇게 짧지 않은 시간이 흘렀다. 익숙해질 줄 알았던 답답함은, 지층처럼 켜켜이 쌓여갔다. 이해할 수 없는 어른들의 시선과 그 시선들이 이어진 사각지대에서 나는 결코 자유로울 수 없었다. 다시 잠들지 못하고 온몸을 떨며 이불 속에 몸을 숨기고 있어야 했던 건, 엄마가 새벽에 못질을 했기 때문도, 아빠가 안방에서 소리를 질렀기 때문도 아니었다. 보수적인 새장에 갇혀 두려움에 몸을 떨 수밖에 없었다. 전혀 다른 세상에 사는 듯한 친구들의 안부와 멋들어진 인생을 사는 연예인의 뉴스 기사를 읽으며 나도 모르게 조금씩, 이 생활에 경계를 만들어온 것 같다. 지금은 옛날과 달랐다. 세상이 무섭게 발전했고, 알지 않아도 되는 것들까지 한눈에 읽을 수 있는 시대가 되었다. 그건 마음마저 흔들어놓기에 충분했다.

"그렇게 답답하면 서울 한 번 놀러 와. 우리 집에 재워줄게."

서울 사는 친구는 전화로 웃으며 말했다. 그 친구에게는 한 번일지 모르지만, 나에게는 인생에 큰 의미가 될 수도 있는 여행이었다.

서울
살
이

"너는 좋겠다. 나도 서울에서 살고 싶었는데."

오랜만에 올라온 고향 친구는 한껏 부러운 목소리로 속삭였다. 나는 그저 쓴웃음을 지으며 마른오징어를 질겅질겅 씹을 뿐이었다. 세상에 마냥 좋은 일이 무엇이 있을까. 맥주 한 모금 들이켜며 대답 대신 긴 한숨을 쉬었다. 그래도 친구는 그저 좋은 웃음만 띠고 있었다.

낮과 밤의 경계가 모호한 이 고시원에서 꿈을 좇은 지어느덧 3년이다. 옆방에서 전화 통화 하는 소리가 고스란히 들리는 이 작은 방은 휴식이라고는 전혀 찾아볼 수 없었다. 친구와 나는 두 무릎을 모으고 앉아, 거의 얼굴이 닿을 정도로 마주 앉아 있었다. 이렇게 열악한 공간에서도 친구는 부러운 기색을 감추지 못했다. 친구가 반짝이는 두 눈으로 내게 물었다.

"방송국 생활은 어때? 연예인들 많이 만나지?"

그 초롱초롱하게 빛나는 눈빛에 차마 현실을 말할 수 없었다. 애써 웃으며 고개를 끄덕였다.

"연예인 보지. 그런데 연예인들도 사람은 사람이더라고. 대기실에서 쉴 땐 다 똑같지, 뭐."

"우와 멋지다."

그러자 친구의 눈은 한층 더 동그래지더니 나를 반짝이는 눈으로 쳐다보았다. 나는 애써 친구의 시선을 피하며 두 손에 그러쥔 캔맥주를 바라보았다.

창문이 없는 중간 통로에 방을 구했던 것은 비싼 서울의 방값을 감당할 수 없는 탓이었다. 덕분에 텁텁하고 습한 공기는 제대로 빠지지도 않았다. 빨래는 잘 마르지도 않아 옷에선 늘 걸레 썩은 냄새가 났다. 환상을 좇아 온 결과는 이런 삶이었다.

방송 쪽에 일을 해보겠다고 이곳저곳에 이력서를 넣었는데, 이렇게 덜컥 붙을 줄은 몰랐다. 엄밀히 따지면, 아주 작은 외주제작사였다. 그러나 부모님께는 더 부풀려서 공중파 방송국 작가로 일하게 되었다고 했다. 고향을 벗어날 수 있는 확실한 명분이 필요했기 때문이었다. 부모님은 이웃 사람들을 만날 때마다 자식이 대기업에 들어갔다며 어깨를 으쓱거리셨다.

그러나 상황은 최악이었다. 부모님께서는 내가 조금만 힘들다고 해도 끝까지 버티라고 말씀만 하셨다. 그렇게 좋은 직장이 어디 있냐고, 요즘 취업하기 힘들지 않으냐고, 오히려 나를 채근하기 바빴다. 이곳을 환상 어린 눈으로 바라보는 사람들은 결코 내 어깨에 힘을 실어주지 못했다. 몇몇 사람의 가스라이팅은 갈수록 내 영혼을 짓이기고 작게 만들었다. 사람들의 훈기로 가득한 지옥철에서 내려 울렁이는 속을 게워내는 것이 내 일과의 마무리였다. 한 사람 누울까 말까 한 이 좁은 고시원 방에서 영혼이 나간 채로 멍하니 맥주만 홀짝이는 것이, 방향을 잃은 내 인생에 브레이크를 밟아 주었다. 내일은 어떻게 버티지? 눈앞이 막막해질 때 즈음 피곤함에 곯아떨어지곤 했다.

나는 늘 지쳐 있었고, 쓰러지고 싶었다. 단 하루만이라도 편한 잠자리에서 푹 잠을 자고 싶었다. 모든 것들은 나에게 휴식을 허락하지 않았다. 어떻게 하면 이 지친 모든 것들을 누그러뜨릴 수 있을까. 정신도, 체력도 바닥을 향해 내달렸다. 아픔이 짙어 감각을 잃어갔다.

눈물이 떨어질 것 같은 눈을 비비며 맥주를 완전히 다들이켰다. 이미 취한 친구가 침대에 팔꿈치를 기댄 채 불편한 자세로 잠이 들었다. 나는 친구를 일으켜 침대에 뉘고, 침대 옆 아주 좁은 공간에 일자로 몸을 뻗고 누웠다. 뒤척일 수도 없을 만큼 비좁은 공간이었다. 나는 친구 몰래 벽보고 누워 눈물을 훔쳤다.

나는 꿈을 이루고, 꿈을 잃었다.

이 세상에 아름다운 이상 따윈 없었다.

꼰대

우리 사무실은 연령대가 다양하다.

00년생 신입부터 시작해 90년생 대리, 80년생 과장, 70년생 부장이다. 나는 90년생 대리인데, 그래도 나름 이 회사에서 5년이나 일했다. 요즘 뉴스에서 90년대생은 마치 '끈기 부족한 날라리' 같은 기질이 있는 마냥 떠들어 댔기 때문에, 나는 내 연차에 상당한 자부심을 가지고 있었다. 젊은 경력직? 끈기 있는 젊은이? 그런 비슷한 프라이드다. 그래서일까. 나를 무시하는 사람이 나타나면 참을 수 없었다.

"아니, 나 솔직히 이런 말 하는 거 꼰대 같아서 하고 싶지 않은데…."

 이런 식으로 말문을 트고 싶지 않았지만, 그래도 반드시 짚고 넘어가야만 했다. 5년 차 대리 앞에서 1년 차도 안된 신입이 고개를 삐딱하게 기울이고 쳐다보는 건 아니지 않은가. 그러나 이 뻔뻔스러운 00년생 신입은 눈을 내리깔지도 않고, 오히려 어깨를 쫙 펴며 나를 한껏 비웃었다.

 "우, 웃어?"

 나는 당황해서 그만, 말을 절었다. 얼굴이 새빨갛게 달아올랐다.

 "젊은 꼰대, 뉴스에서만 봤지. 실물로는 처음 봐서요."

 신입은 턱을 앞으로 들이밀며 말했다.

 "뭐?"

 사무실은 마치 서부영화의 사막처럼 긴장감이 맴돌았다. 소름 끼치는 적막이 사무실 칸막이를 구석구석 들락거렸다.

 "누가 꼰대라는 거야, 지금?"

 내가 되묻자, 이 되바라진 신입은 대답도 하지 않고 나를 위아래로 훑어보았다. 나는 실소를 터뜨렸다.

 "이건 개념이 없잖아요? 여기 사무실에 입이 몇인데, 본인 점심만 배달시켜요? 이런 개념 없는 신입을 봤나."

 허리춤에 두 손을 올리며 열변을 토했지만, 사무실은 동의의 목소리 없이 고요하기만 했다.

그때 안쪽에 앉아있던 80년생 과장님이 웃음을 터뜨리며 일어났다.

"자기 신입 때는 생각 안 하나 봐? 되바라진 게 딱 보니 과거 대리 모습인데, 뭐."

나는 과장 쪽으로 고개를 돌렸다. 표정 관리 따윈 잘 되지도 않았다. 그러나 과장은 나를 본체만체하며 외투를 챙겼다. 그때 방에 있던 70년생 부장이 웃으며 자리에서 일어났다.

"무슨 일 있나? 사무실 분위기가 왜 이래?"

그 목소리는 마치 답답한 사무실의 분위기를 환기하려는 듯, 애쓰는 말투였다. 부장의 한마디에 자리에 앉아있던 직원들이 쭈뼛쭈뼛 몸을 일으켰다.

내 속에서는 과장에 대한 화가 끓었지만, 애써 마음을 가라앉히며 자리에 앉았다.

그러자 부장은 너털웃음을 하며 재킷을 챙겼다.

"…요즘 것들은 버르장머리가 없어. 윗사람은 물으면 대답도 안 한다니까."

70년대 부장이 중얼거리며 문밖을 나섰다.

꽃대가 싫다고 몸서리 쳤는데
어느 순간 내가
꽃대가 되어 있더라고

정말 오랜만에 집안 정리를 했다. 창문을 활짝 열고 열권씩, 규격대로 책을 나눠 묶었다. 책 위에 하얗게 쌓인 먼지가 공중을 날아다니자, 나는 그때야 부채질 하며 마스크를 썼다.

09:00 am

9시에 맞춰 출근하니 유 대리님과 박 과장님이 서로 눈을 맞추며 자리에서 일어났다. 역시나 모닝 담배를 태우러 가는 것일 테다. 유부남들의 대화라니. 무슨 할 말이 그렇게도 많은지 한 시간가량이 지나서야 두 사람은 사무실로 돌아왔다. 그때서야 나와 김 주임은 자세를 고쳐 앉고 문서 파일을 켰다. 온라인 쇼핑몰 창과 사연이 담긴 블로그 창은 납작하게 눌러 놓은 채로 말이다.

10:00 am

평소와 다를 바 없는 분위기였지만, 오늘은 이상하리만 큼 고요했다. 타자기를 두들기는 사람도, 시시콜콜한 농담을 던지는 사람도 없었다. 월요일이었다. 주말은 잘 보냈는지, 저번 주에 맡겼던 일은 어떻게 됐는지, 공과 사를 넘나드는 말들이 요란스럽게 들렸어야만 하는 요일인 것이다. 그러나 유 대리님과 박 과장님이 함께 담배를 피웠다는 사실만 제외하면, 완전히 다른 제3의 요일이었다. 월화수목금. 그 어느 요일에도 그날의 분위기를 끼워 맞출 수 없었다.

10:30 am

그때 갑자기 총무팀 직원 한 명이 핸드폰을 귀에 댄 채로 사무실을 나갔다. 재무팀 과장님이 자리에서 벌떡 일어나 자신의 팀원들을 노려보았다. 그러다 다른 부서 눈치를 보고는 제자리에 앉았다. 그 짧은 순간, 재무팀 과장님의 얼굴빛을 잊을 수가 없었다. 분명 새파랗게 질린

보랏빛이었다.

11:00 am

인사팀 대리 한 명이 우리 부서로 왔다. 인사팀 대리가 우리 팀 유 대리님 귀에 속닥속닥 무언가를 전달하더니, 심각한 눈빛으로 유 대리의 컴퓨터 마우스를 딸깍거리기 시작했다. 인사팀 대리가 침을 한 번 삼키고 유 대리를 쳐다보았다. 그 눈빛에는 걱정을 넘어선, 두려움과 비통함이 뒤섞여 보였다. 그러자 이번에는 유 대리가 심각한 표정으로 황급히 사무실 밖을 나갔다.

그때 사내 게시판에 인터넷 기사 스크랩이 떴다. 나는 링크를 클릭해 헤드라인을 확인했다.

- OO 대표 구속, 코로나 타격으로 직원 정리 해고될까

순간 내 두 눈을 의심했다. 적나라하게 드러난 '부도'와 '회사명'. 나는 몇 번이나 눈을 비비고 다시 기사를 읽었다. 눈에 보이지 않는 칼바람이 피부를 훑고 지나갔다.

12:40 pm

'에이, 설마. 아니겠지.'

밥이 코로 들어가는지 입으로 들어가는지 몰랐다.

나 같은 조무래기 사원은, 이런 칼바람이 부는 시기에

언제 잘려도 이상하지 않았다. 우리 부서가 회사에 꼭 필요한 부서 같지도 않았다. 만약 그만두게 된다면 어떻게 해야 할까? 구직 사이트에 들어가 봐도, 눈에 들어오는 공고도 없었다. 설령 있다 한들, 지금 당장 취업이 된다는 보장도 없었다.

그렇다고 당장에 아르바이트할 수도 없었다. 특히나 아르바이트는 나이 제한이 심했다. 나같이 어중간한 20대 후반은 알바를 구하기가 더욱 힘들었다. 아무래도 어린 사람들을 부리는 것이 훨씬 쉬울 테니 말이다.

순간 카드값과 월세, 그리고 고향에 계신 부모님 생각이 스치듯 지나갔다.

04:00 pm

점심 이후에 과장님께서 팀원 한 명씩 회의실로 부르셨다. 과장님과 면담을 받고 나오는 팀원의 얼굴이 어두웠다. 이제 곧 내 면담 차례였다. 무거운 마음으로 먼저 나오던 팀원과 스쳐 지나갔다. 팀원의 한숨 소리가 내 가슴 깊이까지 퍼졌다. 뭘 물어보았는지, 상황이 많이 심각한지 팀원에게 묻고 싶었지만, 그럴 새도 없이 회의실 문 앞에 도착했다.

"사무실 분위기가 어수선하죠?"

과장이 애써 웃으며 내 표정을 살폈다.

"괜찮습니다."

나도 겨우 웃어 보였지만, 속에선 뜨거운 긴장이 끓어올랐다.

"오늘 총무과에 물어보니, 급여가 미뤄질 수도 있다네요. 한 2주 정도 늦어질 수도 있다네요. 너무 걱정하지 말고요. 언제 우리 회사 급여 안 준 적 있었나요…."

과장의 목소리가 느리게 이어졌다. 하지만 나에겐 다른 의미로 들렸다. 미뤄질 수도 있다고 말하는 건, 앞으로도 미뤄질 일이 더 길어질 수도 있다는 말처럼 들렸다. 언제 무너져도 이상할 일 없는 이 회사에 나는 잠자코 기다려야만 하는 걸까. 마음은 심란한데, 머릿속은 새까매졌다. 나는 차마 묻지 못한 물음을 목구멍에 삼키며 자리에서 일어났다. 이런 상황에도 내가 할 수 있는 것은 기다림뿐이었다.

급여를 삭감해서라도 남고 싶었던 회사는 결국 내게 석 달 치 월급과 퇴직금을 미룬 채로 퇴사를 종용했다. 법인 계좌가 동결되어 입금을 지불할 수 없다는 게 이유였다.

나는 퇴사하던 그 순간까지 발악했다. 회사에 끝까지 남아 있어야만 밀린 급여를 받을 수 있을 것만 같았다. 당장에 밀린 카드값과 생활비가 걱정이었다. 그 긴 기다림의 결과가 이런 것이라니.

시골에 계신 부모님께는 또 이 사실을 어떻게 알려야 하나…. 비참하고 괴로웠다.

결국 나는 회사에 나의 열정과 청춘만 남긴 채, 쫓겨나듯 그만뒀다.

정말 오랜만에 집안 정리를 했다. 판도라의 상자처럼 여겨졌던 종이상자를 활짝 펼쳤다. 만능 회사원으로 살아남기 위해 샀던 전문 서적들, 회사 워크숍 자료집, 기타 서류들을 노끈으로 단단히 묶었다. 방 한편을 굴러다니는 술병들도 치웠다.

창밖으로 퍼져나가는 하얀 먼지를 보았다.

그래, 다 털어버리고 새로운 마음으로 다시 시작하는 거야.

하지만 쓰러진 영혼을 일으켜 세우기에는, 마음이 많이 망가져 있었다. 지난날의 내 경력들이 모두 물거품이 된 기분이었다. 망해버린 회사에 다닌 경력이 과연 얼마나 도움이 될까? 다시 처음부터 시작해야 한다는 암담함, 전처럼 열심히 살지 못할 것 같다는 답답함이 눈을 가렸다.

그렇게 나는 한참 방안에서 울었다.

실업급여

예고 없는 퇴사는 단조로웠던 일상을 산산조각냈다. 그만두겠다고 되뇠던 혼잣말이 현실로 다가왔지만, 그건 썩 기분 좋은 일이 아니었다. 거지같다고 말해왔어도 그만두지 않았던 건, 그래도 버틸 만 했기 때문일까. 한 달에 한 번씩 날아드는 급여명세서는 암울한 일상에 한 줄기 빛이었다. 그래, 돈만 있으면 뭐든 이루어 낼 수 있지. 하다못해 취미생활도 돈을 주고 할 수 있는 세상 아니더냐. 억지로 끼워 맞춘 보람은 다음 날을 겨우 살아갈 힘을 줬다.

불안했던 것일지도 모른다. 여길 나가면 나는 아무것도

아니라는 걸 일찍 깨달았는지도 모르지. 그러나 멱살 잡아 끌고 온 결과가 겨우 이것일 뿐이다. 부품도 버려지면 쓸모가 있을까? 글쎄, 단 하나뿐인 로봇에 익숙해져 버린 부품은, 그 환경에 맞춰 마모되었다. 어느 회사를 가도 잘 살 자신이 없었다.

실업급여를 받기 시작한 한 달은, 아무 생각 없이 지냈다. 그래 딱 한 달만 지내고 일을 구하는 거야. 그 한 달이 두 달이 되고, 석 달, 넉 달이 되자 내 삶은 결코 평안한 휴식이 아니었다. 당장에 가벼운 서류 정리 업무라도 붙들고 싶었건만, 세상은 신입에 대한 새로운 잣대를 제시했다. 나는 신입이 갖춰야 한다는 창의성이 결여돼 있었다. 중고신입이라는 농담에 차마 웃지 못했다. 그냥 시키는 대로 사는 삶이 익숙했다.

실업급여를 받을 수 있는 날들이 줄어갈수록 나의 불안 섞인 푸념은 켜켜이 쌓여갔다. 사람들은 나를 이해하지 못한다는 눈으로 훑어내렸다.

"해고당했다고 해도, 그동안 네가 그만두려고 벼려왔던 것 아니야? 그냥 이번 기회에 푹 쉬어. 너 정도 경력이면 어딜 가도 뽑힐 텐데, 뭐가 걱정이야?"

아무렇지 않게 내뱉은 이들의 말투 사이에는 간과한 사실이 하나 있었다. 그건 바로, 관두면 아무것도 하지 못하리란 낮은 자존감이 여태 나를 휘감아 왔다는 것이다. 나는 답답함에 가슴을 치면서 그들에게 내 상황을 설명했다.

"쉬는 게 전부가 아니야. 눈에 보이지 않는 불안 같은 게 있어. 언젠가 실업급여가 끝나는 날, 그때까지도 내가 취업이 안된다면 어떡할 건데? 난 쓸모없는 사람이야. 내 경력은 텅 비어있는 것이나 마찬가지라고!"

하지만 아무도 내 목소리에 귀 기울여 주지 않았다. 사람들은 '언젠가 취업하면 다 해결돼'라는 불투명한 성공에 대해서만 늘어뜨려 놓았다. 그저 공짜 지원금을 받고 있다는 사실에 부러움만 내뱉을 뿐이었다. 그때 깨달았다. 사람들은 나의 불안에 대해서는 별로 관심이 없다는 걸.

그 뒤로 누군가에게 내 속사정을 털어놓지 않게 되었다. 불안감에 갉아먹은 손톱 끝만이 내 사정을 알아주었다. 손톱 밑으로 파먹은 살에 상처가 생기고, 피가 빨갛게 고였다. 그래도 이 불안은 전혀 해결될 길이 없었다.

달력에 동그라미 친 수급 종료일이 눈에 보인다. 이제 겨우 일주일 남았다. 일주일 뒤에 내 삶은 어떻게 될까? 사실 어떤 일을 하든 상관없다. 이 숨 막히는 초조함에서 벗어날 수 있다면 말이다.

네 힘을 믿고 천천히
계획을 세워봐
인생에 정답은 없어

이걸 하면 가난할 거라고 누가 그랬지. 그 말을 믿었어야 했던 걸까? 낡은 시집의 낱장을 펴서 글자를 하나하나 엮었어. 이 적막한 밤에 마음이 메말라버릴까 싶어서.

여기서 더 나아질 수 있을까? 포기하지 않으면 된다고, 괜찮아질 거라고 홀로 다독여. 혼잣말 뒤에는 맥 빠진 슬픔만이 허공을 떠다녔지만 말이야.

처음 이 꿈을 시작한다고 했을 때 가족들이 반대를 많이 했어. 그렇지만 그때 나는 확신이 있었던 것 같아. 왠지 나는 성공할 것만 같고, 최고가 될 수 있을 것 같은 그런 기분 있잖아. 자만이라고 해야겠지, 그런 게 나한테 있었나 봐. 수십 년을 살면서 내 멋대로 해본 적이 없었는데, 이것마저 하지 못한다면 평생을 원망하며 살게 될 것 같다고 말했어. 말이 좋아 설득이지, 실은 협박에 가까웠어. 부모님도 별수 없겠다고 생각했는지, 그냥 하고 싶은 대로 하라고 하셨어.

 그 '하고 싶은 것'이 뭐냐고? 글쎄, 궁금하겠지만 묻지 말아 줘. 이제 누구에게도 내 꿈을 말하지 않기로 했거든. 예전엔 내 꿈을 다른 사람들에게 당당히 말했어. 그런데 그 대화가 참 피곤한 거더라고. 나의 행선지를 궁금해하는 사람들은, 꼭 그 여정에 참견이 많았어. 그들도 가보지 못한 길에 대해 이렇다 저렇다 말하기만 좋아했지. 내 꿈이 궁금하다고? 그건 비밀이야. 내 꿈을 너에게 말하면 머릿속으로 벌써 '넌 안돼'라고 단정 지을 게 뻔하잖아. 정말 궁금하면, 머릿속에 네가 멋지다고 생각하는 사람을 그려봐. 수많은 상상 중에 하나는 맞을지도 모르지.

 그래도 몇몇 사람들은 말해. 도전하는 모습이 멋있다고, 자신도 도전하고 싶다고 말이야. 처음에 그 말을 들었을 때는 마냥 쑥스러웠어. 꼭 그렇게 성공할 수 있을 것 같았지. 하지만 시간이 지나고 나서는 그 말이 참 싫더라.

이게 좋은 게 아닌데, 나도 정말 힘든데…. 그 몇몇 사람들은 내 겉모습만 보고 판단했거든.

"그래도 너 하고 싶은 대로 하고 살아서 좋겠다"고.

내 속이 얼마나 썩어가고 있는지 모르고 말이야.

이게 정말 멋진 일인지 모르겠어. 어쩔 땐 미련하고, 참 바보 같아.

브레이크가 고장 난 자전거를 타고 내리막길로 치닫는 것만 같아. 멈추고 싶어도 이미 늦어버렸어. 바닥에 발을 아무리 붙여도 소용없는 걸. 신발 밑창이 떨어져 나가고, 발바닥이 빨갛게 탔어. 정상에 올라가 본 기억도 없는데, 나는 왜 내리막길로 떨어지는 기분이 드는 걸까? 가족에게, 지인에게, 친구에게 뱉어놓은 말이 있어서 회수할 수도 없지. 나는 환상 속에 잠겨 있는 목적지를 향해 지도 없이 걸어가야만 해.

그래도 좌절하고만 있으면 안 되잖아? 밥은 먹고 살아야 하니까, 아주 작은 아르바이트 자리를 구했어. 꿈을 꾸는 어떤 사람은 생계를 위해 더 고된 일도 병행하겠지.

그런데 있잖아. 그래도 사람들은 '멋있다'고 하는 거야.

밥도 거르고, 건강도 해치고, 잠도 못 자고, 가난하기만 한 이 일을 보고도 말이야.

멋지기는 개뿔. 그런 것 하나도 없는데 말이야.

흔들리지 말아 네 길을가
멎어지는 것보다 중요한 건
건강하게, 오래 버티는거야

자
영
업

　　　창밖에 바람 소리가 요란하다. 덜컹거리며 흔들
리는 창문은 천지를 뒤흔들 듯 마음에 진동만 남긴다. 강
추위와 눈보라를 품은 창밖에 비하면 이곳은 조금 아늑
하다. 따뜻한 노란 조명에 반짝이는 식기들. 글쎄. 그럼
마음이라도 조금 편해야 할 텐데. 이상하게 마음은 문밖
에 알몸으로 내놓인 느낌이다.

　퇴사하고 나면 조금 괜찮아질 줄 알았다. 종일 내게 욕
하는 상사가 없고, 눈치 보며 커피를 마셔야 하는 시간도
없기 때문이다. 그런데 조금 서럽다. 점심으로 싸 온 도
시락을 목구멍으로 꾸역꾸역 삼켜 넣으면서, 틈틈이 창

밖을 본다. 오늘은 오려나. 마음 한구석이 조마조마한 게, 이제 아플 지경이다. 하지만 아무도 오지 않는다. 목구멍으로 씹어 넘기는 게 밥알이던가, 눈물이던가. 이젠 정말 아무것도 모르겠다.

갈색 앞치마에 손등의 물기를 눌러 닦으면서 포스기 앞에 선다. 오늘 나는 몇 잔의 커피를 팔았는가? 때 빼고 광낸 테이블이 처참해 보일 만큼 빛난다. 인건비도 안 나오는 실정이니, 아르바이트생을 둔다는 건 그저 초보 사장의 허망한 꿈일 뿐이다.

원두를 내려 잔에 담는다. 한 번, 두 번, 세 번…. 쓰디쓴 원액을 그대로 입에 털어 넣는다. 혀에 씁쓰름한 맛만 남고, 꾸덕꾸덕한 느낌이 목구멍에 뜨거운 액체로 내려간다. 가슴까지 내려갔을 때야 정신이 번쩍 든다. 이대로 있어선 안 돼! 하지만 다시 온몸은 무기력에 빠진다. 뭔가를 해야 할 줄 알면서도, 뭘 해야 할지 모르겠다. 최근에는 배달도 시작했지만, 사정이 나아지는 것 같지도 않았다. 대충 끼니를 때우고 가방 속에 욱여넣은 도시락통을 본다. 도시락 뚜껑에 밥알이 말라붙어 있다. 하지만 그저 넣 놓고 바라보기만 했다. 머릿속에 생각이 많아졌다.

회사가 전쟁터라면 회사 밖은 지옥이라고 했던가. 시원하게 사표를 내던졌던 순간이 머릿속에 선명하다. 정말 그 말은 틀리지 않았다. 전쟁터를 벗어나니 할 수 있는 게 아무것도 없었다. 타자기 두들기는 소리, 프린터 소리, 회의실에서 누군가의 멘탈이 깨지는 소리가 만연했던 그곳에는 활기가 있었다. 적어도 살아야 한다는 의지가 들리는 생명력 넘치는 곳이었다. 그러나 지금은 모든 생명력이 얼어 죽은 것 같다. 찬바람에 흔들리는 창문 소리만이 이 적막을 깨뜨릴 뿐이다. 이 공간 너머 얼어 죽을 것 같은 계절이 내렸지만, 사실 안쪽이라고 해서 더 나을 것도 없었다. 이 공간의 시간이 얼어붙었다. 앞으로 나아가는지, 뒤로 후퇴하는지조차 모르겠다. 내가 잘하고 있는지도 모르겠다. 이 적막에 휩싸인 공간에서 시끌시끌한 것은 오직 내 머릿속뿐이었다.

전염병이 만연한 지금 시기도, 차가운 눈과 바람을 퍼부어대는 계절도, 모든 것들이 '불가능'이라는 단어에 불을 밝힌다. 버티는 게 답일까? 조금씩 깎여 나가는 영혼이 가슴을 쥐어뜯고 운다. 이 세상에 당연한 희생은 없다.

집착이 영혼을 떠나갈때마다
마음도 조금씩 조금씩
연어숙해져 간다는 걸 잊지말것

손님

　　그놈의 단호박이 뭔지. 새하얗게 질려버린 시야
는 희뿌옇게 흐려지기 시작했다. 전화기 너머 터질듯한
목소리는 밤새 내 기분을 조종했다.

　그건 단순한 서비스였다. 내가 받은 주문은 혼밥세트였
고, 고객 관리 차원에서 단호박 튀김을 두 조각 정도 넣
었을 뿐이었다. 그러나 그 단호박 튀김에 문제가 있었던
모양이다. 비쩍 말라 이상하다는 게 그 손님이 주장하는
바인데, 기름에 단호박을 튀기면 쪼글쪼글해지는 건 당
연했다. 문제는 그 '단호박' 가지고 한 달째 식당으로 전
화를 걸어 악담을 퍼붓는 것이었다.

"당신, 장사 그렇게 할 거야? 당신 엄마가 그렇게 가르쳤어? 이따위 음식을 서비스라고 주는 거면, 같이 온 음식도 뻔하지. 나 다 모르겠고, 그냥 환불해줘. 유통기한 지난 음식을 쓰는지 내가 어떻게 알아?"

속이 썩어 문드러졌다. 손님, 손님…. 나는 몇 차례나 손님을 불렀지만, 그는 쓴 말만 뱉을 줄 알지 내 말에 귀담아 줄 생각은 하지 않았다. 심장이 쿵쾅거리고, 몸이 뜨거워졌다.

"손님, 제가 어떻게 해드리면 될까요…."

"이런 식당은 평생 장사 못 하게 해야지. 그냥 어디 나가 죽어버렸으면 좋겠어."

순간 내 뒷목이 뻣뻣해지기 시작했다. 전화기 너머로 들리는 손님의 목소리가 메아리처럼 아득하게 들려왔다. 온몸에 힘이 풀리고, 눈앞이 아찔해졌다. 몸이 바닥에 철썩 달라붙었다.

'사장님! 사장님!'

주방 아르바이트생의 다급한 목소리가 들렸다.

죽어버렸으면 좋겠어.

손님의 목소리가 쓰러진 가슴 위에서 요동쳤다.

나는 정말 그 손님의 말대로 죽어버렸다.

세상에는
나를 사랑하는 사람도 있고
나를 미워하는 사람도 있는데

왜 항상
날 미워하는 사람만 생각나는 걸까?

마음만큼은 건강해지고 싶어

건강한 마음으로
내 사람들을 열렬히 사랑하고 싶어

2부

으스러진 몸에서 살기 위해 튕겨 나온 나의 빛,
어두운 세상에서 방황하던 나의 영혼아
부서지며 살아간다는 건 참으로 고달픈 것이지만,
훗날엔 그것마저 아름다운 것으로 기억되길 바란다

기나긴 밤 중 일기장에
생사를 알리는 울분을 터뜨린다

검은 잉크를 휘갈기고
굵직한 방점을 곳곳에 찍고 나서야
내가 살아 숨 쉬고 있음을 깨닫는다

'그래, 난 죽지 않았지'
'이렇게 숨 쉬고 있었지'

온몸을 휘감은 어둠에
온기가 식은 영혼을 쥐고
따스한 입김을 불어 넣는다

'그래, 난 죽지 않았지'
'이렇게 숨 쉬고 있었지'

한 번 더
살아 숨 쉬는 몸을 만지고 나서야
이것이 삶이라는 걸 깨닫는다

일
그램

발끝으로 기우는 흐릿한 시선에 잿빛 숫자가 드리운다. 최대한 어깨 힘을 뺀다. 이 숫자에 조금 더 당당하기 위해서였지만, 어째 기운이 빠진다. 그동안 나름대로 열심히 노력했다. 물 한 모금도 마시지 않았다. 죽기보다 싫었던 달리기도 했고, 그 좋아하던 소시지도 끊었다. 토 나올 정도로 많은 양의 업무를 했고, 집에 와서 쓰러져 자기는커녕 뜬눈으로 자격증 시험공부를 했다. 그러나 발끝의 이 숫자는 거짓말하지 않았다. 신은 내게 상냥하지 않았다.

어렸을 때부터 살집이 조금 있었다. 반에서 내가 제일

뚱뚱하다고 울상을 지을 때마다 엄마는 '어려서 그렇다'고 했다. 크면서 젖살이 빠질 테니 걱정하지 말라고 말이다. 그러나 엄마의 그 따뜻한 위로도 나에게는 전혀 위로되지 않았다. 주변에 친척이나 이웃들은 아빠와 나를 번갈아 보며 하나같이 똑 닮았다고 했다.

나는 더 철저하게 엄마의 모습이 되기 위해 노력했다. 엄마가 밥 먹는 반찬도 똑같이 먹고, 옷이나 헤어스타일도 전부 똑같이 했다. 그러나 엄마는 그저 속없이 웃기만 했다. 엄마는 립스틱을 받은 내 입술을 닦으며 말했다.

"우리 딸 예쁜데, 왜?"

그 '예쁘다'는 말이 가녀린 신경을 건드렸다.

"엄마 눈에만 예쁘지. 하나도 안 예쁜단 말이야!"

나는 퉁명스럽게 내뱉으며 방으로 뛰쳐 들어갔다.

나의 울퉁불퉁한 마음은 어른이 되어서도 부드러워지지 않았다. 다이어트를 하겠다고 며칠씩 굶어도 보았지만, 몸무게는 많이 빠지지도 않았다. 전신 거울 속 내 모습이 보이면 다이어트에 대한 독기를 품는 것 대신 배달음식을 시켰다. 평생 타인들에게 '뚱뚱하고, 못생기고, 자기관리 못하는 사람'이라 불렸다. 그 말 때문에 정말 열심히 살았건만, 그 말 때문에 망가져 가기 시작했다.

시선의 프레임은 아주 작은 실수도 용납하지 않았다. 네가 그럼 그렇지. 마음을 불편하게 찌르는 말들에 점점 더 예민해져 갔다.

풍풍한 사람을 내려다보는 세상의 밀도는 참으로 촘촘했다. 긍정적인 생각을 하는 사람들도 있겠지만, 대다수 그렇지 못했다. 차갑게 빛나는 푸른빛의 눈들이 도깨비불처럼 주변을 맴돌았다. 그걸 그들은 첨예한 시선을 가진 지식인인 것처럼 굴었지만, 내 눈엔 그저 한심하고 멍청해 보일 뿐이었다. 세상의 모든 사람은 나를 아주 잘아는 것처럼 말했다.

'살을 좀 빼면 어때? 그럼 지금보다 더 나아질 텐데.'

'게으르다는 이미지는 네가 굳힌 거야.'

그럴수록 나는 다이어트에 집착했고, 점점 더 거대해져 갔다. 두려웠다. 살을 빼지 않으면 아무것도 나아지지 않을 것 같아서.

이 밀도 높은 시선들을 치울 방법은 없을까?

요즘 나는 내 지방의 일 그램보다 영양가 없는 시선들을 일 그램 빼고 싶다.

황폐한 장면은 무시하면 그만이야
인생은 내꺼니

트라우마

　　　오랜 기억은 시간이 흐를수록 부패해졌다. 시간
이 흐르면 약이라고 했는데, 나에겐 반대였다. 오히려 점
점 독이 되었다. 쓰다 못해 죽을 것 같았던 그 맛의 감촉
은 마치 가시 같았다. 핏덩이같은 아픔이 울컥 목구멍을
치밀고 올라왔을 때, 울음을 토했다. 한참 아프고 나면
괜찮아진다고 해서 처절하게 그 말을 믿었다. 그러나 나
는 끝내 괜찮아지지 못했다.

　누구도 용서할 수 없었다. 아픈 시간은 밤이면 쳇바퀴처
럼 빙빙 돌았다. 돌고 돌아, 칼날 같은 부메랑이 되어 가
슴을 쳤다. 나를 아프게 했던 수많은 영혼이 짐처럼 내

어깨 위에 쌓였다. 귀에 대고 밤새 속삭였다. 지난날의 끔찍했던 상황에서 떠다녔던 대사들을 읊고, 또 읊었다. 듣기 싫은 목소리들이 쉼 없이 가슴을 쳤고, 응어리진 울음을 토해냈다. 그걸 사람들은 트라우마라고 하더라.

지난날들의 괴로움에 대해 누군가에게 토로하는 것 자체도 지쳤다. 반복되는 후회는 누군가에게는 따분한 투정처럼 느껴졌다.

너 계속 과거에 갇혀 있을 거야?

내 말을 듣는 타인의 눈빛들이 눈치를 줬다. 이제 내 이야기는 누군가의 흥밋거리도, 가십거리도, 진정한 아픔으로도 느껴지지 않았다. 그저 따분한 시간일 뿐이었다.

어쩌면 나는 고무가 된 감정을 계속 씹고 있었던 걸까. 턱이 아프도록 씹어댄 트라우마에 이제 그 어떠한 맛도 느껴지지 않았다. 슬픔이라는 단물 빠진 감정은 계속해서 입안에 맴돌았다. 차마 뱉어내지 못했다. 아픔이 습관이 되었던 걸까. 그렇다면 죽어도 뱉을 수 없을 것 같았다.

결국, 나는 그 일들을 가슴에 담아둔 채 숨기고 다녔다. 그러는 새 없었던 새로운 습관이 생겼다. 손톱을 물어뜯는다든지, 눈을 이리저리 굴린다든지, 머리카락을 한 움큼 쥐어 개수를 센다든지. 왜 갑자기 없던 버릇이 생겼냐고 묻는 사람들이 있었지만, 나도 명확히 그 버릇에 대해서는 대답하지 못했다. 어느 날 생겨버린 응어리를 가슴에 담아두기 시작한 때인지, 아니면 그냥 일상에서 오는 스트레스 때문인지 몰랐다. 그때도 난 그저, 내가 아프지 않기를 바랐다.

어느 날은 이상한 버릇이 생긴 나에게 누군가 물었다.

"혹시 가슴이 답답하거나, 불안하거나 그래요?"

그 사람은 사람의 행동을 연구하는 사람도, 심리를 공부하는 사람도 아니었다. 단지 많은 사람을 만나는 일을 하는 사람이었다. 나는 고개를 저었다.

"글쎄요. 이걸 답답하다고 해야 할지, 불안하다고 해야 할지. 정확히 잘 모르겠네요…."

이 사람은 한참 내 말을 듣더니, 차분하게 대답했다.

"계속 가슴에 담아둬서, 그게 익숙해졌을 수도 있죠."

그 사람은 한껏 여유로운 표정으로 말을 이었다.

언젠가 분명 누군가에게 듣던 말이었다. 조언을 던지기도, 질책하기도 했다. 그러나 그동안 그렇게도 와닿지 않던 위로와 응원이 가슴에서 부서지기 시작했다. 불투명했던 것들이 선명하게 보이고, 복잡했던 머릿속이 깨끗해졌다.

"과거에 갇혀 있으면 안돼요. 내일이 쌓이면 또 과거가 될 텐데요."

 역시 말은 타이밍인가? 그 타이밍에 따라 누군가의 평생
을 지옥에 처넣기도 하고, 누군가의 평생을 천국에 보내
기도 하니까. 지옥 속에 갇혀 있던 나는 정말 평범한 말
한마디 때문에 탈출하는 방법을 찾았다. '과거를 되풀이
하지 말라는 것.' 혼자 발버둥 치고, 고민하고, 걱정했던
날들이 무색할 만큼, 정신을 반짝 들게 했다.

 나는 활짝 웃으며 그 사람에게 말했다.

"맞아요. 오늘을 살아야죠."

 가슴이 뜨거움으로 벅차오르기 시작했다.

 대화에는 타이밍이 있었다.

 귀가 아닌, 가슴에서 부서지는 타이밍.

 그 타이밍을 잡았을 때, 비로소 진정한 위로를 받을 수
있었다.

환
청

이것 좀 적어줘.

네 목소리에 홀린 듯 포스트잇을 뜯었다. 아마도 며칠 뒤에 있을 저녁 약속 때문일 것이리라. 펜이 어디 있더라? 책상을 더듬으며 너의 목소리에 집중하고자 했다.

"뭐라고 적을까?"

그러나 네 목소리에 집중하는 일은 생각보다 어려웠다.

째깍거리는 시계 소리, 창밖에서 들려오는 경적, 윙 돌아가는 냉장고 소리⋯. 호수에 잠긴 듯 네 목소리가 먹먹하고 짓이겨졌다.

"미안, 뭐라고 했지?"

나는 귓바퀴에 손을 대고 동그랗게 말았다.

그때 왼쪽 귀로 웬 아주머니 목소리가 들렸다.

왼쪽으로 가. 왼쪽으로 좀 가라니까?

그리고는 곧 오른쪽 귀로 남자 목소리가 들렸다.

뛰어내려 봐. 밖에. 창밖으로 뛰어내려.

나는 순간 깜짝 놀라 펜을 떨어뜨렸다. 손을 떨며 귀를 막았다. 손 틈 사이로 비집고 들어오는 수많은 목소리가 자꾸만 나의 뇌를 긁었다. 검지로 두 귓구멍까지 틀어막았다. 그런데 어쩐 일인지 목소리는 계속해서 머릿속을 울리는 것이었다.

인상을 찌푸리며 온몸을 있는 힘껏 웅크렸다. 이제는 이 목소리가 밖에서 나는 소리인지, 내면의 소리인지조차 분간이 가지 않았다. 여전히 시계 소리 경적, 냉장고 돌아가는 소리는 났지만, 목소리들이 워낙 시끄러운 탓에 잘 들리지도 않았다.

처음부터 목소리가 들린 건 아니었다. 어느 날 불쑥 찾아온 목소리는 하루가 흐를수록 점점 더 많아졌다. 시끄러운 간격도 갈수록 좁아졌다. 3시간, 1시간, 10분…. 이제는 일하는 것도, 누구를 만나는 것도 힘들어질 지경이었다.

'차분히 기다리면 금방 괜찮아질 거야.' 애써 그렇게 마음을 추스르며 숨을 깊게 들이마셨다.

그러고는 천천히 고개를 들었다.

이 좁은 원룸 안에 사람이라고는 나 혼자뿐이었다.

나는 바로 침대로 올라가 이불을 뒤집어썼다. 심장이 두근거려 고개를 들지 못했다. 침대 옆을 나뒹구는 펜과 포스트잇이 보였다. 알고 보니 벌써 포스트잇만 몇십 장 뜯어져 있었다. 핸드폰 진동이 울렸다. 친언니였다.

"여보세요?"

내 목소리를 들은 언니가 한숨을 푹 내쉬었다.

"괜찮아?"

언니가 갑자기 나에게 '괜찮냐'고 물었다.

"뭐가?"

그러자 언니가 침착한 목소리로 말했다.

"며칠째 연락이 안 돼서 걱정했어. 그 애가 죽은 건 안됐지만, 이젠 너도 너 살길 찾아야지. 언제까지 집에만 틀어박혀 있을 거야? 이제 제발 좀 정신 차려. 엄마 속 좀 그만 썩이고…."

언니의 목소리가 점점 더 작아졌다.

그때야 나는, 이 목소리들이 처음 들리기 시작한 때로 거슬러 올라갔다.

*

그날은 너와 저녁 약속이 있던 날이었다. 그날 아무리 기다려도 넌 오지 않았다. 나중에 돼서야 네가 그날 교통 사고를 당했다는 걸 알았다. 그때는 이미 돌이킬 수 없을 만큼 멀리 와버린 뒤였다. 너의 장례식장에서 울지 못했다. 그냥, 그 모든 것들이 거짓말 같았다.

시간은 그때 멈췄다. 널 만나기만을 고대하며 기다렸던 그 날 저녁으로 시간여행을 하듯 계속 돌아가고, 또 돌아갔다. 너의 목소리는 그때마다 반복되었다. 그날 들었던 길거리 사람들의 목소리와 소음이 되살아나기도 했다. 마치 내 몸은 현재에 있는데, 소리만 과거에 돌아간 듯했다. 현재의 소음과 과거의 소음이 점점 더 선명하게 들릴 때마다 나는 두려움에 몸을 떨었다. 이제 어디에 있는지조차 분간이 가지 않았다.

모든 것이 환청이었다고 깨닫는 순간, 나의 귀는 현재로 돌아왔다. 째깍거리는 시계 초침 소리, 창밖에서 들려오는 경적, 윙 돌아가는 냉장고 소리. 그 외에 아무 소리도 들리지 않았다. 짜증 섞인 아줌마의 목소리, 무서운 목소

리로 다그치는 남자 목소리, 그리고 상냥한 너의 목소리
까지 전부 다 또 다른 평행우주 속에 떠다녔다.

언젠가 또 그 목소리들이 나의 현재를 집어삼킬 것이다.
이제 나는 앞으로 어떻게 해야 할까. 네가 이 세상에 없
다는 것을 인정해야만, 오롯이 현재를 살아갈 수 있는 걸
까.

"언니, 나 좀 꺼내줘."

나는 죽어가는 목소리로 언니에게 말했다.

당신의 마음을 깨닫기까지, 얼마나 많은 시간이 흘렀는지 모르겠습니다. 어떤 말을 곁들여도 당신에겐 변명처럼 들리겠지요. 이 한 장의 편지 안에 제 마음을 다 담을 수 없습니다. 입이 백 개라도 할 말이 없습니다. 그러나 이런 변명 같은 말이라도 당신에게 진심을 전하지 않는다면, 당신은 평생 괴로움 속에 살 것만 같았습니다.

그날, 당신의 몰래카메라가 유포되던 날에 대한 이야기입니다. 그때 디지털 장의사를 만나 당신의 영상을 지워달라고 사정했던 기억이 납니다. 파르르 떨던 당신의 두 손을 아직도 잊지 못합니다. 어쩌면 그 일은 죽어서도 잊지 못할 사건일 테죠. 당신이 얼마나 힘들어할지, 나로서는 감히 상상조차 할 수 없었습니다.

그러나 나는 당신의 예민한 울음을 차마 감내하지 못했습니다. 힘들어하던 당신 곁에, 당신을 따뜻하게 안아주지는 못할망정 되레 화를 냈습니다. 언제까지 슬퍼할 거냐며 성질을 부렸습니다. 그때 저는 왜 당신의 마음을 헤아리지 못했을까요. 왜 당신에게 상처가 되는 말만 늘어놓았을까요.

지난밤, 제 여동생이 손목을 그었습니다. 저녁께부터 통화가 어렵기에 집을 찾아갔더니, 욕조에 물을 받아놓고 누워있더군요. 창백한 얼굴에서 저는 죽음을 읽었습니다. 죽음. 그 말 참 무섭더군요. 그것이야말로 새로운 시작이 없는, 온전한 끝처럼 느껴졌습니다.

동생을 둘러업고 거리를 뛰었습니다. 응급실에 도착해 베드에 동생을 누이고 나니, 그때서야 제가 맨발로 뛰어온 걸 알겠더군요. 발바닥의 얼얼함은 동생의 아픔에 비하면 아무것도 아니었습니다. 저는 부디 동생을 살려달라고 빌었습니다. 두 손 모아, 간절히, 간절히 말입니다.

기도하는 시간은 참으로 길게 느껴졌습니다. 의사 한 명이 동생의 허리 위로 올라가 심폐소생술을 했습니다. 동생의 펄떡이는 몸과 축 늘어진 손목이 보였습니다. 다시 눈을 감고 손을 모았습니다. 앞으로 죄짓지 않고, 바르게 살 테니 동생을 살려만 달라고 했습니다. 종교도 믿지 않던 제가 말입니다.

동생의 맥박이 돌아왔을 때, 동생은 큰 숨을 내쉬었습니다. 그 모습은 물에 빠졌다 건져낸 사람처럼 애처로워 보였습니다. 그때야 저는 비로소 눈물을 쏟아 냈습니다. 감사합니다, 감사합니다…. 그 말을 몇십번이나 반복했는지 모릅니다.

오빠, 나 살았어?

동생은 그 말을 힘겹게 뱉어내고는 다시 울기 시작했습니다. 기력이 없어 눈만 찡그리고, 힘없이 실음을 뱉어내는 울음이었습니다. 그건 마치, 왜 제대로 죽지 못했는지 한탄하는 듯한 모습이었습니다. 저는 동생을 붙잡고 울었습니다. 정신 차리라고 때리고 소리 지를 수 없었습니다.

누군가가 동생의 알몸을 몰래 찍어 인터넷에 뿌렸습니다. 동생이 그걸 발견했을 때는 이미 동생의 회사 사람들이 다 알고 난 후였습니다. 동생의 몸은 회사 남자들 사이에서 흩어지고, 분해되고, 찢어졌습니다. 술자리 안주처럼 가볍게 흘러나왔고, 처참하게 팽개쳐졌습니다.

어쩌면 저 편하게 하자고 이 편지를 쓴다고 생각하실지
도 모르겠습니다. 이미 다 지난 일을 다시 꺼내는 것이
무슨 의미가 있냐고 하실 수도 있습니다. 그렇습니다. 어
떤 생각을 하든 당신이 생각하는 모든 의심을 부정하고
싶지 않습니다. 당신이 그렇게 생각한다면 그런 것입니
다. 그때 저는 당신의 의도와 상관없이 당신을 흩어지게
하고, 분해하게 하고, 찢어지게 한 사람 중 한 사람이었
습니다. 당신도 저를 유포자와 똑같다고 생각하셔도 좋
습니다.

몇 년 전 당신이 약을 먹고 죽으려 했다는 소식을 들었
습니다. 그땐 당신과 헤어진 후라 그저 가볍게 생각하고
넘어갔었는데, 지금 돌이켜 보니 저는 정말 죽을 죄를 지
었습니다. 그 당시 저는 아꼈던 당신을 지키지 못했습니
다. 영상을 유포한 사람을 찾아 주먹이라도 휘갈겨 줬어
야 합니다. 아니면 그 사람을 고소해 감방에라도 쳐서 넣
게 해야 했습니다. 그것도 아니라면, 당신의 곁에서 당신
의 눈물을 닦아 주었어야 합니다.

제 가족이 부서지는 모습을 보니, 이제야 당신의 마음을
이해할 수 있게 되었습니다.

용서를 구하지 않겠습니다. 평생 사죄하며 살겠습니다.

당신을 지켜주지 못해 진심으로 미안합니다.

유언

　사람이 죽으면 어디로 가는 걸까? 천국에 간다거나 다시 새로운 생명으로 태어난다거나 지옥에 간다거나 여러 가지 말들이 무성하지만, 누구도 겪어보지 못한 상황을 쉽게 믿을 리 없다.

　어릴 때는 새롭게 태어나고 싶은 무엇이 있었는데, 요즘은 그냥 아무 생각도 들지 않는다. 차라리 무(無)로 있으면 어떨까? 그럼 이렇게 골몰하며 살 이유도 없을 테니 말이다.

내가 사랑하는 사람에게 물었다.

"내가 죽는다면 어떻게 하고 싶어?"

그 사람은 왜 그렇게 슬픈 이야기를 하느냐고 물었다.

"그냥, 어느 날 갑자기 내가 죽을 수도 있으니까. 유언을 남겨 놓으면 좋을 것 같아서."

그러자 그 사람은 인상을 찌푸렸다.

"농담이라도 그런 말 마."

나는 자세를 고쳐 앉고 그 사람에게 말했다.

"나는 죽으면 화장해주라. 그리고는 먼바다에 뿌려 줘. 이 복잡하고 머리 아픈 세상에서 멀리멀리 달아나버리게."

그냥, 가끔은 다가오지 않은 일을 생각한다. 이미 지난 날들을 되돌아보기도 하고, 반성도 해보고, 다시 또 아프게 사랑도 해본다. 추억으로 먹는 사는 것은, 또 하루를 살아갈 수 있는 원동력을 주었다.

그래야 비로소 내가 살아 있다는 것을 느낄 수 있으니까.

죽
고
싶
단

농
담

　　졸업 후 연락이 끊겼던 친구가 어느 날 불쑥 내게
연락했다.

"자살을 앞둔 사람에게 해줄 수 있는 한마디만 해줘."

　그 문자를 새벽에 보았는데, 나는 순간 망치로 머리를
맞은 것처럼 멍했다. 거의 5년 만에 연락 온 사람에게 들
은 첫 단어가 '자살'이었다. 나는 어떤 말을 해야 할지 몰
라 마음이 무거워졌다. 내가 기억하는 친구는 항상 밝게
웃으며 긍정적으로 살던 사람이었다. 나는 대답하는 것
대신 되물었다.

"무슨 일 있어?"

차마 말을 하지 못했던 것은, 좀 더 진정성 있는 위로를 건네고 싶었기 때문이었다. 그편이 오히려 쓰러져 있는 사람에게 생명력을 불어넣을 수 있을 것이라 믿었으니까. 혹여나 내가 실수해서 이 사람을 죽게 할까 봐 겁이 났다.

그러나 이 '공감이 담긴 위로'에는 치명적인 결점이 있었다. 그 상황을 겪어본 사람만이 위로를 할 수 있다는 것이었다. 힘든 시기가 닥쳐왔을 때, 어떤 이들은 특수한 상황에 내몰려 있기도 했다. 사랑하는 사람과의 이별, 고대하던 시험에서의 낙방, 방향을 잃어버린 미래…. 이런 것들 외에도 다른 특수한 상황들에 놓인 사람들은 '공감'이라는 말로 위로하기 어렵다는 것이다. 그래서 나는 내가 모르는 어려운 상황에 놓인 사람들에게는 어떠한 말도 전할 수 없었다. 어쩌면 이 친구는 내가 겪지 못한, 나보다도 더 힘든 상황에 빠진 것일지도 몰랐다.

설상가상 이 친구 녀석은 전화나 문자에 답장도 전혀 없었다.

나는 손톱을 뜯으며 껌벅이는 텍스트 커서를 바라보았다.

"힘내"라는 말보다

"무슨 일 있어? 나한테 털어놔 봐"라는 말보다

"조금만 견뎌내면 좋아질 거야"라는 말보다
더 와 닿을 수 있는 위로는 무엇일까?
나는 다만, 진심으로 이 친구의 마음이 편해지길 바랐
다.
결국 나는 그 친구에게 건넬 말을 고민하느라 하룻밤 날
을 꼬박 새웠다.

*

다음 날 친구에게서 전화가 왔다.
"미안하다. 내가 술 마시고 너무 기분이 이상해져서…."
잠을 설친 나는, 친구의 말에 순간적으로 욱했다.
"뭐?"
그러다 이내 가슴이 먹먹해졌다.
"어휴, 차라리 고맙다."
결과가 허무했지만, 그때야 나는 비로소 웃었다.

"힘내요" 라는 말보다
"다 좋아질거에요" 라는 말보다
더 아름다운 위로는 무엇일까
나는 때로는 당신의마음이
　　　궁금해지기도 비랬다

한때 나의 모든 시간에는 희망이 돋아났다. 눈부신 봄날, 어느 나무 밑에 피어난 민들레꽃처럼 포근한 바람을 타고 날아오를 꿈을 꾸었다. 그건 마치 마약처럼 나의 온 영혼과 정신을 죄어왔다. 행복은 그런 것이라고 말해주는 듯했다.

미래의 부푼 희망은 오늘을 살아갈 힘을 쥐여주었다. 고단한 하루에도 이겨낼 수 있는 대단한 용기였다. 밤새워 일을 마치고, 온몸이 녹초가 되어 쓰러져도 좋았다. 그깟 허기쯤이야 가볍게 넘겨도 좋았다. 이미 나는 각성한 사람처럼 식욕을 잃고 맹목적인 것만 좇았다. 어쩌다 열 번

중 한 번은 기회가 찾아오기도 했다. 그렇게 큰 기회도 아니었는데, 그땐 그게 정답인 줄만 알았다. 힘들어 지칠 때마다 한 번씩, 입안에 녹여 먹는 초콜릿처럼 인생은 내게 씁쓸한 단맛을 던졌다. 그래서 중독된 것처럼 일에만 몰두했던 듯하다. 어떤 조직의 부품이 되든, 내 시간 따위 없어져 버리든 크게 중요하지 않았다. 어차피 나중에는 나도 잘될 거니까. 이렇게 죽어라 일만 하진 않을 테니까…. 오직 내가 살폈던 것은 상냥하고 따뜻한 내일의 봄날이었다.

그러던 어느 날 모든 것이 무너져 내렸을 때, 나는 그동안 흘려버린 시간을 후회로 물들여 나갔다. 이제는 열심히 해도 내게 기회 따위 오지 않았다. 자수성가해서 잘나간다는 사람들의 이야기가 소설처럼 느껴졌다. 몸도 마음도 만신창이가 되어, 이력서를 들이밀어도 아무도 나를 써주지 않았다. 한때, 어느 한 조직의 부품이 되어 평생 살아도 좋을 것 같다고 생각했던 내가 한심하게 느껴졌다. 그러나 또 어쩔 수 없이, 포기하지 않고 계속 걸어갔다. 그것이 설령 제자리걸음이라고 할지라도 말이다.

방안에 정리되지 못한 책과 곰팡이가 슬어가는 배달음식, 정리되지 않은 페트병들이 굴러다녔다. 하루, 이틀, 한 달. 켜켜이 쌓여가는 음식은 커다란 짚단처럼 마음을 짓눌렀다. 하지만 치우지 않았다. 어쩌면 나는 화려한 꿈보다는, 이런 쓰레기장에 누워있는 게 더 어울리는 것 같았기 때문이다.

누군가 찾지 않고, 누군가가 나를 쓸모로 하지 않는 이 비루한 몸뚱이는 방 한편 냄새나는 이불 위에 녹아내리고 있었다. 가깝게만 보였던 꿈이 사실은 아주 멀리 있다는 걸 깨닫게 되었을 때, 내 인생은 그야말로 쓸쓸하고 비참해졌다. 하루를 살아갈수록 견딜 수 없는 환경과 시선에 희망이 허망으로 바뀌기 시작했다. 불덩이같이 타올랐던 마음이 빠르게 식는 중이었다.

몇 달 동안 밀린 전기세와 도시가스 요금이 문 앞에 붙었다. 몇 번의 경고장을 받고 나서야 이내 사람답게 살 수 있는 의지조차 꺾여버리고 말았다. 내가 이렇게 사는 게 무슨 의미가 있을까? 마치 죽기 위해 사는 것 같았다.

나는 내 생애 마지막이라고 할 수 있는 담배를 태웠다. 방안 가득 하얀 연기가 퍼져 나갔다. 폐로 들어오는 그 뜨겁고 매운 연기가 이토록 황홀했던 적이 없었다. 착잡한 마음과 이제 다시 돌이킬 수 없다는 마음이 뒤엉키고 엎어졌다. 오늘 내린 결정을 다시 번복하고 싶지 않았다.

누군가가 나를 발견한다면, 그땐 이미 너무 늦어버린 후일 테다.

아니다, 어쩌면 나를 아무도 발견하지 못하는 게 아닐까.

침대 위에 누워 필통에서 칼을 꺼냈다. 칼을 한참 동안 바라보다 눈을 질끈 감았다.

수목장

　　사랑하는 사람의 소중한 물건을 지키는 일은 참
으로 가슴이 무거운 일이에요. 내 심장에 차갑게 자리한
이 물건을, 사람들은 '영혼'이라고 부르더군요. 조금 더
낭만적인 말로 말이에요. 그건 눈앞에 형용하지 않고, 만
질 수도 없는 고귀한 것이죠.
　당신과의 첫 만남을 기억해요. 저는 당신이 아주 어렸을
때부터 당신을 말없이 지켜보고 있었죠. 기억하세요? 그
작고 하얀 손으로 제 거친 피부를 매만져 주었는걸요. 그
날, 당신이 처음 제게 했던 말을 기억해요. *또, 올게.*

허리가 굽어 연세가 지긋한 할아버지 손에 컸던 저는, 어느 정도 키가 자란 묘목이 되어서야 한 남자에게 팔렸어요. 그 남자는 검은 정장을 입고 있었는데, 지난밤 무슨 일이 있었는지 얼굴이 많이 상해 있더군요. 남자는 인적이 드문 언덕으로 저를 데려갔어요. 저를 땅에 심고 제 뿌리 밑에 하얀 항아리를 심었죠. 그때 콧물을 훔치며 조용히 울던 남자 옆에 작은 여자아이가 있었어요. 아이는 턱밑까지 내려오는 짧은 단발머리를 흔들며 남자를 돌아보았죠. 그 맑고 투명한 눈동자를 잊을 수가 없어요. 울듯하면서 울지 않는, 당신은 참 씩씩한 아이였죠.

당신이 저를 엄마라고 부를 때, 저는 가만히 당신을 바라만 보고 있어야 했어요. 저는 당신의 엄마가 아니었지만, 어떤 날은 '어쩌면 당신의 엄마이지 않을까'하고 헷갈릴 때도 있었어요. 학교에서 힘들었던 일, 직장에서 힘들었던 일, 자식을 키우면서 힘들었던 일들을 털어놓는 당신을 보면서, 애잔한 마음도 들고 위로해주고픈 마음도 들었거든요. 가지를 뻗어 당신의 머리를 쓰다듬어주고 싶고, 지친 어깨를 매만져주고 싶었어요. 마음으로 진득한 눈물을 흘리면서, 다음에 올 때는 부디 당신이 상처 입고 오지 않기를 기도했어요. *또, 올게.* 당신의 그 말이

슬프지 않게, 아쉽지 않게 당신을 꼭 안아주고 싶었어요.

또, 올게.

당신의 그 말을 듣는 게 참, 서글퍼요. 그럼 저는 또 십 년 같은 하루를 보내며 당신을 기다리겠죠. 하지만 괜찮아요. 십 년, 백 년, 당신을 기다린대도 좋아요. 부디 당신이 이 언덕을 오르지 않길 바라요.

당신이 날 찾지 않는다는 건, 당신에게 더는 슬픈 일이 없다는 뜻일 테니까요.

나는 당신의 어머니도, 당신이 사랑하는 어떤 사람도 아니지만, 그래도 가끔 내 생각나면 이 숲을 찾아주세요. 어디 도망가지 않고, 늘 이 자리에서 뿌리내린 채 당신만을 기다릴게요.

그러나 부디 내일, 모레도 오지 마세요.

나는 당신이 늘 아프지 않고, 행복했으면 좋겠어요.

어떻게 그래면 힘차게 살수 있겠어요

파도이 조금씩 시들어갈 때까지

숨죽이고 바라면 봐야하는 게

우리가 할수 있는 최선이며요

우리 신이 아니까요

연약한 사람이죠.

조개가 진주를 어떻게 만드는 줄 아니?

조개 껍데기 안에 이물질이 들어오면
몸을 보호하기 위해서
특수한 성분으로 단단히 감싸는데

이물질 주변을 한겹 두겹 쌓다보면
마침내 두껍고 단단한 진주
만들어 지는 거래

우리의 인생도 비슷해

살면서 너의 가치관이나 의지를 해치는
이물질 같은 일들이 나타날 때가 있잖아

그 일들에 의연해질 때까지
차분하게 견뎌보는 거야

그럼 이 연약한 인생도 언젠간
반짝 빛나는 진주가 되어 있지 않을까?

3부

삶이 막막할 땐 눈을 감자
눈을 감으면 불행을 잠시 잊을 수 있어

재미없는 사람이라고 손가락질받더라도
자신이 소중한 사람이라는 걸 잊지 말자

복잡한 생각을 가졌대도
마음을 잘 다스릴 줄 안다면
누구보다 멋진 사람이 되어 있을 거야

마음이 복잡할 때는
눈을 감고 호흡을 길게 내뱉자
걱정, 고민이 많아지면 새로운 생각을
할 수 없게 되니까

조금 진지해도 괜찮아
차라리 실컷 울어버리고 개운해지자

부
지
런
한

사
랑

'부지런한 사랑'을 하고 싶다. 아찔하게 스러진 지
난 밤의 이별은 잔상 속에 넣어두자. 상처 입은 영혼들이
만나 하루, 또 하루 걸어갈 힘을 축적한다. 어스름한 새
벽빛을 받은 사랑 위에 영혼들은 조용히 나팔을 불고, 비
슷한 아픔을 어루만지며 나긋한 미소를 짓는다. 오직 스
러진 추억만이 아픔을 어루만질 수 있다. 흐린 어둠을 쥐
고 괜찮다고 되뇐 것은, 결국 '부지런한 사랑'을 하기 위
함인 것을. 달콤한 대사를 읊는 것만이 사랑이 아니다.
내가 당신을 진심으로 어루만지는 것도, '부지런한 사랑'
의 하나일 테지.

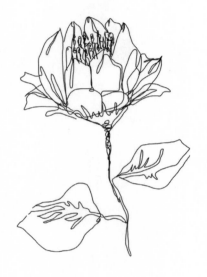

하루의 꽃잎이 메말라졌다고 서글퍼 말자.
한 계절, 한 계절 소중히 말려 책 사이에 눌러놓자.
어쩌다 마음이 슬플 때, 한 번씩 들여다보면
그 마른 꽃잎은 인생 중 가장 아름다운 추억이 된다.

다
짐
을

집
결
하
다

　　모든 일이 그렇듯 인생은 생각한 대로 흘러가지
않아. 세상은 생각보다 혼란스럽고 난장판이라 때론 '어
떻게 살아야 할까?' 정신이 아찔해지곤 해. 태풍 같은 시
련은 다짐으로 집결한 영혼을 손쉽게 붕괴해버리고 파괴
해버리겠지만, 그 파멸에 좌절하지 말자. 세상 위에 방황
하던 몸과 마음이 허무하게 흩어져 버린대도, 행복할 내
일을 밀어내지 말자. 사방으로 쪼개진 설움과 시간을 주
워 단단히 뭉치자. 그럼 언젠가 우리의 인생도 아름답게
빛이 날 때가 올 테니까.

　　　요즘은 그다지 평온하지도, 서글프지도 않습니
다. 새로운 목표를 세우고 걸어가는 중이거든요. 조급하
게 달렸다가 크게 넘어질까 봐, 한발 한발 신중하게 내딛
는 중이에요.

　이제 더는 아프고 싶지 않아요. 그래서 시간을 아끼게
되고, 더 나은 내일을 위해 마음을 다잡는 것이겠죠.

　겨울 이불을 개키듯, 후회도 덮어 놓으렵니다. 가벼운
마음으로 내일의 봄을 맞을게요.

　오늘도 뜨거웠던 하루여, 안녕!

타인의

삶

　　　　창밖 너머 바람 부는 거리가 보인다. 한 여학생이
긴 머리칼을 쓸어 올리며 힘겹게 걸어간다. 무언가에 쫓
기듯 재촉하는 걸음에 낭만 따위는 없다. 그러나 이 열정
가득한 공간에서 내려다보는 타인의 삶이란, 마치 그 자
체로 따뜻한 이야기를 품은 다큐멘터리같다.

　슬프고 고달픈 인생일지라도, 약간의 연출을 버무린 영
상에 스며든 찬란한 순간이라고 여기자. 당차고 굳센 주
인공이 되었다고 느끼면, 왜지 모르게 하루를 더 아름답
게 살아낼 수 있게 되더라.

　　　모두 잘 될 거야.
불안하고 조급할 테지만, 그럴 때일수록 하루를 천천히
돌아보자. 꼭꼭 밟고 지나온 길 위에 내 삶의 애정이 묻
을 수 있도록.

　괜찮아. 우리, 지친 마음도 잘 달래며 걸어왔잖아.
　올라앉은 시간을 촘촘히 쪼개보자.

　봐. 시간은 없는 게 아니라, 늘 네 곁에 흐르고 있어.

거짓말

때론 나 자신을 속일만한 거짓말도 필요해요. 그런 소설 같은 거짓말도 있어야, 지치지 않고 살아갈 수 있죠. 나 자신을 원망하지 말아요. 인생의 목적 없이 그저 흘러가는, 게으른 인생 같다고 비난하지 말아요. 그것도 어떤 색깔로든 당신의 인생을 빛내고 있으니까요.

분명한

날들

분명한 날들에 비가 온다고 했다
어스름한 새벽은 그 어느 때보다 춥고 무거웠다
모든 것의 시작은 처음부터 뜨겁지 않았다
많은 고뇌와 눈물로부터 휘몰아치듯 달려나갔다
비가 온 뒤에 땅은 더욱 단단해지고
차가운 새벽을 버티면 뜨거운 아침이 왔다

그 마음으로 질기게 살다보니
아, 인생의 시작은 아름다운 게 아니라
처절한 것이었다고 깨달아 가게 되었다

조악한 마음 욱여넣으며 괜찮다 괜찮다 되뇐다
푸른 바다에 씻겨 흐르는 걱정이
층층이 쌓인 빛깔만큼이나 아련하게 흐른다
돌아보니 모든 날이 찬란하지 않은 날이 없었다고
바람결에 휘날리는 머리칼을 쓸어 넘기며
천천히 다짐을 곱씹고 채운다
햇살이 포근하게 감싼다
차갑던 마음을 뜨겁게 닦는다

흐린

기억

기억에 의존하면 안 된다

기억은 곱씹을수록 선명해지는 게 아니라

오히려 흐려지기 때문이다

핀트가 어긋난 곳에 집중하고 그걸 정답이라고 생각한다

개인의 판단에 정답은 없지만

타인의 시선에서 그 모습은 상당히 위태로워 보인다

스스로 만든 가시넝쿨에 마음을 집어넣지 말자

오류로 얼룩진 그 기억이 당신을 더 아프게 할 수 있다

비밀의 비밀

모든 비밀에는 상처가 있다. 그 아픔을 이해해주는 것이 진정한 사랑일 테다.

타인의 비밀을 캐물으려 하지 마라. 비밀을 말하지 않는 이유는 당신을 사랑하지 않아서가 아니라, 자신이 상처받을지 않기 위해서다. 그 사람이 당신에게 편히 마음을 터놓을 수 있을 때까지 늘 제자리에 서 있는 느티나무가 되어 주자.

위로가 필요한 사람에 할 수 있는 것은
당신을 믿고 의지할 수 있을 때까지 그저
안아주는 것뿐이다.

뒤
처
지
지

않
아

어렸을 땐 멈춰있는 것 같아 걱정했는데 요즘은 제자리걸음도 못할까 봐 가슴 졸인다. 그동안 잘 살기 위해 발버둥 쳤던 일들이 물거품이 되어 버릴까 봐. 뭘 해도 나아가는 것 같지도 않고 자꾸만 뒤처지는 것 같다고 느낄 때, 가슴은 큰 지진이 일어난 것처럼 쪼개지고 틀어졌다.

그러나 나만 그런 줄 알았는데, 주변을 둘러보니 마음에 지진이 난 사람들이 많더라. 모두 후회 속에 살고 있었고, 깊은 한숨에 둘러싸여 있었다.

우린 서로 보듬어주고 위로했다.

'괜찮아, 괜찮아. 우리 전혀 뒤처지지 않았어.'

 그 작은 몇 마디들이 쌓여 두려운 마음을 다듬었다. 시간을 되돌려 후회를 없던 일로 구길 순 없겠지만, 미래는 새롭게 다시 쓸 수 있다고. 따뜻한 마음이 모이자 응어리졌던 가슴 속이 은근하게 풀어졌다.

　　오늘도 열한 시에 몸을 뉘었어요. 일과 끝에 찾아
오는 휴식에는 뭔가 거창한 생각 따윈 없어요. 눈을 감으
면 전원을 끈 모니터처럼 새까매요. 퇴근 후 회사 앞 캔
들 상점에서 사 온 디퓨저에 막대를 꽂아요. 눈을 감기
전 길게 숨을 들이마셔요. 라벤더 향을 맡으면 푹 잘 수
있다더군요. 오늘은 편히 잠들 수 있을까요?

　베개에 머리를 기대면 눈앞에 꿈이 펼쳐져요. 자고 싶지
만, 이대로 잠이 들면 그저 시커먼 화면이 내릴 걸 알아
요. 인위적인 단꿈이라도 꾸고 싶은 걸까요? 그저 저는

꿈에서나마 행복해지고 싶어요.

 간절히 바라는 것들이 있잖아요. 꼭 그런 게 아니더라
도, 현실에선 이뤄질 수 없는 허망한 것들에 대해 떠올려
요. 만들어낸 꿈속에선 내 손아귀에 모든 것들이 걸려있
죠. 꿈도, 사랑도, 상황도. 망상을 그려내는 게 조금 이상
한가요? 뭐, 어때요. 어차피 꿈인걸요.

 사랑했던 사람을 쫓아가는 일, 직장 상사의 책상을 뒤엎
어버리는 일, 다이어트 걱정 없이 좋아하는 음식들을 입
안에 욱여넣는 일, 백억짜리 현금을 건물 옥상에서 흩뿌
리는 일. 현실에선 내가 이룰 수 없는 것들에 대해 상상
하고, 또 상상해요. 그 상상 속에서 저는 환히 웃고 있어
요. 이곳에선 내 마음대로 살아도 손가락질하는 사람이
없거든요.

 조그마한 프레임에 갇혀 있는 요즘, 그런 단꿈들이 머릿
속을 떠다녀요. 망치로 틀을 깨고, 자유롭게 날아다니는
상상이요. 나의 등에 이런 날개가 달려있을 줄 누가 알았
겠어요? 맞아요. 여기는 내가 만든 꿈속이에요.

분명 열한 시에 이부자리에 누웠는데, 핸드폰을 들어보니 새벽 한 시가 되어 있어요. 애써 눈을 감아요. 눈꺼풀이 파르르 떨려요. 엎어놓은 핸드폰만 올렸다 내려놓길 반복해요. 한시, 두시, 세시, 네시…. 이런, 오늘도 잠들긴 글렀어요.

잠을 자야만 내일 일을 할 수 있는데.
순간 그런 생각에 마음 한편이 아려요.
소박한 상상 속에서도 현실을 생각해야 한다는 건 참으로 괴로운 일이에요.

그때 핸드폰 알람이 울려요. 이 알람은 꿈과 현실을 명확하게 가로 짓는 경계선이에요. 번쩍 눈을 떠요. 방 안엔 라벤더 향기로 가득 찼어요. 이쯤 되니 조금 억울해졌어요. 오늘도 저는 푹 잠들이 못했네요.

허무맹랑한 상상이라도 좋아
그걸로 네 마음이 풀어진다면
몇 십번이고 반복해서 재생해두렴

네가 만든 비디오가 지겨워질때 즈음
새로운 영화를 만들자
그곳에서 그건 행복할테니까

타지에서 혼자 일을 시작하면서, 어쩔 땐 죽고 싶을 만큼 괴롭기도 했어. 혹시 더 좋은 곳으로 이직하게 될까 봐 풀지 못한 이삿짐 위에는 뽀얗게 먼지가 쌓였지. 꿈을 꾸는 사람은 괴로움을 잊을 수 있다는 말에, 퇴근 후에는 열심히 공부했어. 그 꿈이 그저 헛된 기대였다는 걸 깨닫게 되었어도, 차마 펜을 놓을 수 없겠더라. 혹시 모르는 거잖아. 내가 이 생활에 안주해버리게 되었다고 해도, 내 인생에 기회라는 큰 쓰나미가 밀려올 수도 있는 거잖아. 그래서 남들이 미련하다고 손가락질 할 때도 정말 열심히 살았던 것 같아. 파도처럼 밀려오는 기회를 재미있게 타보려고.

그러나 그마저도 내겐 찾아오지 않을 이상이었어. 높다란 꿈을 실현하기에 현실은 너무나 척박하고 메말랐더라고. 언젠가 시험에 합격하고 나면 가지고 있던 책들을 다 태우면서 행복하게 울고 싶었는데, 그 소박함마저 이룰 수 없는 게 현실이더라고.

이제 더는 안 되겠다고 느꼈을 때, 나는 모든 걸 잃는 것만 같았어. 지방에 있는 가족에게는 더더욱 사실을 말할 수 없었지. 어쩌면 다 내 탓이었는지도 몰라. 누군가에게 꿈을 말해야만 이루어질 수 있다는 마법 같은 미신을 맹신하고 있었는지도 몰라. 나는 내가 사랑하는 사람들에게 기대를 줌과 동시에 실망감을 안겼어. 이제 나는 뭘 해도 못 하는 사람이라고 기억할 테지? 그런 무서운 생각이 들 때마다 괜찮다고 스스로 되뇌었지만, 전혀 괜찮지 않았어. 나의 미래가 이렇게나 실망스러웠던 적이 없었어.

그런 어느 날, 내 생일이었어. 회사에서 가장 친한 직장 동료가 나에게 화분 하나를 선물해주더라. 그 직장 동료는 나의 속사정을 다 들여다본 것처럼, 아주 정성스러운 카드를 써주었어.

'우울할 땐 이 친구한테 조금 털어놔 봐. 얘는 그래도 누구한테 말은 옮기지 않잖아."

카드는 아담한 선인장 화분에 꼭 붙어 있었지. 아마도 내 낯빛이 별로 좋진 않았나 봐. 그런데 왠지 모르게, 감동을 주는 카드인데도 눈물이 안 나더라. 고맙긴 했는데, 가슴이 뜨거워지다가 금세 식어버렸어. 그걸 시간이 지난 후에야 알았어. 조금 씁쓸해졌어.

퇴근 후에 선인장을 안고 집에 왔어. 아직 이삿짐이 지저분하게 놓여 있었기 때문에, 선인장을 현관문 옆에 아무렇게나 놔두었어. 그렇게 며칠은 선인장을 방치해왔던 것 같아. 어쩌면 있는 줄도 모르고, 까맣게 잊어버렸는지도 모르지.

어느 평범한 퇴근길 오후였어.

선인장을 까맣게 잊고 살던 나는, 그날 현관문 앞에 쪼그리고 앉아 뚝뚝 눈물을 흘렸어. 나도 모르는 사이에 그러고 있더라고. 최근에 이상하게 허전하고 공허한 기분이 들었거든. 따뜻한 온기가 없는 구멍 뚫린 마음에 찬바람이 불어 닥쳤어. 너무 춥고 쓸쓸해서 두려워졌어.

아무렇지 않은 척했지만, 뒤틀리는 속을 누르느라 정신이 없었어. 으스러져 가는 것들에 대해 자꾸만 떠올렸지.

그저 참고 있으면 괜찮아질 줄 알았는데, 오히려 나를 차 갑게만 만들더라.

"앞으로 계속 이렇게 우울해지면 어쩌지? 나 이렇게 계속 망가져 가면 어쩌지…."

선인장을 붙들고 엉엉 울었어. 어쩌면 나는 텅 빈 마음을 채울 곳이 필요했던 걸지도 몰라.

뱉어내고 나면 더 허무해질 줄 알았는데, 오히려 울고 나니 개운해졌어. 그 동료의 말이 맞았던 거야. 선인장은 내 말을 기대하지도 않고, 실망하지도 않고, 누군가에게 말을 옮기지도 않지. 털어놓고 나니까 마음이 한결 따뜻해졌어. 이제 나는 춥지도, 쓸쓸하지도 않았어.

그래서 조금씩 내 방에 식물들을 채워 넣기 시작했어. 먼지 묵은 이삿짐도 반듯하게 정리했지. 차가운 달빛이 쏟아지던 창에 그 어느 때보다 따스한 햇볕이 내려오는 것 같았어.

사람의 기분이 참, 그래.
똑같은 하루인데, 내 기분이 어떠냐에 따라
하루 온도가 다르게 느껴지니 말이야.

잘 다니던 직장을 그만두고 커피를 배우기 시작했습니다. 평소 커피를 좋아하기도 했지만, 전문적으로 공부하고 싶어졌기 때문입니다. 아침이면 이불 위를 뒹굴다가 가볍게 운동을 하곤 했는데, 오늘은 조금 더 일찍 이부자리에서 일어났습니다. 9시입니다. 오전 9시의 시간이 참 반갑습니다. 이 시각은, 회사에 다닐 적엔 제 삶의 기준이기도 했습니다. 단정하게 머리를 묶고, 외출 준비를 합니다.

전철은 생각보다 한산했습니다. 시계를 보니 9시 20분입니다. 서류 가방을 꼭 껴안고 움츠러든 사람들이 온데

간데없습니다. 썰물처럼 쓸려나간 자리에는 나이 든 노인과 가방을 멘 젊은이, 해진 장바구니를 들고 선 아주머니뿐입니다. 기분이 참 이상합니다. 다른 세상에 와있는 것 같은 느낌이 듭니다.

출퇴근 시간에 맞춰 직장을 가고, 상사에게 잔소리 듣고, 회식문화에 휩쓸려 술을 들이켜고…. 저는 여태 그 모습들이 20대 청춘의 모습이라고 생각했습니다. 눈물을 흘리며 인생이 힘들다고 토로했던 주변 사람들은 전부 그런 투정뿐이었습니다. 그만두고 싶다, 그만두고 싶다, 그만두고 싶다…. 그 말들이 켜켜이 쌓여 오류를 만들었습니다. 모든 사람이 직장을 다니고 있는 것은 아닙니다. 사업을 하는 사람도 있고, 여유를 부리는 사람도 있고, 자기계발을 하는 사람도 있습니다. 그러고 보면 저는 세상을 참 좁게 보고 살았습니다.

직장생활을 오래 하다 보면 9시 출근과 6시 퇴근이 무척이나 당연해집니다. 그러나 그것은 '나'가 정한 기준이 아니라, 환경이 정한 기준입니다. 그 구속에서 벗어나게 되었을 때, 저는 비로소 발가벗은 해방감을 느꼈습니다. 맨발에 운동화를 신은 것처럼, 브래지어를 벗고 후드티를 입은 것처럼, 민얼굴로 거리를 활보하는 것처럼 편하지만 부끄러운 기분이 들었습니다.

'내가 이렇게 여유 있어도 되는 건가?'

'아침에 늦잠을 자도 되는 건가?'

아, 이제야 비로소 깨닫게 되었습니다. 그동안의 나의 시간은 오롯한 나만의 시간이 아닌, 누군가에게 묶여 있던 시간이었다는 것을 말입니다. 내 시간조차 내 마음대로 쓰고 있지 못했다는 것을, 내 인생을 타인을 위해 쪼개 쓰고 있었다는 것을 말이죠. 그렇게 생각하니 참으로 쑥스럽고 슬펐습니다. 안정적인 수입을 얻는 대신, 저의 20대의 절반을 타인에게 묶여 살았습니다. 제시간이 속절없이 흘러가 버렸습니다.

하지만 '조금 더 도전할걸. 적극적으로 살아볼걸.' 이런 후회는 하지 않습니다. 차라리 다행입니다. 지금이라도 제대로 나의 시간과 인생을 보낼 수 있게 되었습니다.

이제야 깨달았어
인생은 이미 밑그림이
그려져 있던게 아니라
원래 아무것도 그려져 있지않은
도화지였다는 걸 말이야

한없이 해맑고 예쁜 너여서
미처 알아차리지 못했지

얼마나 힘들었을지
나는 차마 헤아릴 수 없을 거야

긴 세월 동안
부지런히 달려오느라 고생했어

네 아픔이 행복에 희석될 때까지
네 미소가 진심이 될 때까지
네 곁에서 응원하고 위로할게

내게 기대

앞으로 네가 꿈꾸는 길은
지금보다 더 찬란할 거야

4부

사랑의 다른 말은 고결한 고통이야

사랑을 함으로써
행복한 일도 있겠지만
그만큼 희생과 고통을 감내해야 하니까

(글)
왜 사랑을 하는거야?
내 인생을 포기해야하는 것들이 많아져

자유나 시간, 취향까지도
타인에게 귀속되지

왜 그런 골치아픈 걸
자꾸만 하라는 건지 모르겠어

a.
사랑을 하면
포기한만큼 새롭게 채워지는 게 있어

혼자 살면서 느끼는 기쁨이 있고
타인과 함께 살아가면서
채워지는 보람도 있지

단 한 번 뿐인 인생이라
인간으로서 누릴 수 있는 행복을
최대한 채워보라는 뜻 아닐까?

두
우주

서로 만난 적 없는 두 우주가 충돌한다
깨지고 부서지는 행성의 파편이 눈물이라면
아픈 것은 아주 당연한 것일테다

누군가와 다툼을 하고 속상한 일도 그렇다
당신이 답답하고 상처받는 것도
아주 당연한 일이다

당연한 것으로 받아들이면
타인의 고집을 이해할 수 있게 된다

포기나 체념이라고 해도 좋다
그 마음이 당신을 조금이라도 덜 힘들게 한다면
이해할 수 없는 이해도 괜찮다

메
리
지

블
루

　이 말을 내뱉기 전까지 수없이 많은 밤을 흘려보냈다. 다들 하는 평범한 걸 왜 나는 두려워하는 걸까. 마주 보게 될 날짜가 다가올수록 숨이 턱 막혔다. 이것저것 준비해야 할 것들이 많기 때문만은 아니었다. 눈으로 볼 수 없고, 손으로 만질 수도 없는, 다소 추상적인 감정 때문이었다.

　이 특별하고 고결한 날을 학수고대했던 때가 있었다. 사랑은 눈물이 농축된 마음이 아닐까. 그 괴롭고도 기쁜 감정을 꿋꿋이 잡아 이곳까지 끌고 왔다. 깊고 진하다고 생각했던 사랑은 실은 아주 연약한 것이었다. 눈에 보이지 않는 것이 사라지지 않도록 단단히 매어두고 싶었다. 불안정한 마음을 안심시킬 수 있는 것은 오직 눈에 보이는 징표뿐이었다.

그러나 내가 안달이 나서 결혼을 재촉했던 과정은 시간이 흐를수록 무의미한 것이 되어갔다. 결혼이란 징표를 그러쥐면서 느끼는 안정감 때문에 그간 불편한 것들을 너무도 쉽게 꼬집어 낼 것 같았다. 그와 동시에 다른 사람을 만날 수 있으리란 기대와 설렘 또한 접어두어야만 했다. 그건 솔로였을 때 느끼는 홀가분함도 상존했다. 나는 그에게 수시로 애매한 표정을 보였다. 그는 애써 웃으며 "표정이 이상해"라고 말했지만, 그런 그의 마음까지도 포장할 순 없었다. 그 또한 애매해진 표정으로 나를 쳐다보았다. 마치 완성된 스파게티를 실수로 엎어버린 어린아이처럼.

그간 결혼을 재촉했던 건 나였다. 오히려 그가 결혼 준비에 뜸을 들였다. 아직 준비가 안 됐어. 그의 대답은 늘 한결같았다. 그러니 그의 표정이 애매해지는 것도 이상한 일이 아니었다. 그는 이따금 자신이 결혼을 미뤄온 것 때문에 내가 지친 게 아닌지 의식했다. 그렇게 그가 오해하는 시간이 켜켜이 쌓여갔다.

나는 요즘도 수시로 '내가 혼자라면 어떨까' 생각한다.

'내가 혼자라면? 아마 너무 쓸쓸하고 외롭지 않을까….'

웹사이트의 알고리즘은 이런 나의 마음을 어루만지듯 비혼주의자들의 책들을 소개했다.

세상이 소개하는 비혼주의자들은 자신의 인생에 떳떳했다. 내 눈엔 자유롭고, 행복해 보였다. 턱을 괴고 다른 비혼주의자들의 이야기를 찾아 읽었다. 혼자 살아도 괜찮겠다는 마음 반, 불안할 것 같다는 마음 반. 유쾌하지 않은 반쪽 마음이 휘몰아쳤다. 눈을 감고 마른세수를 했다.

'우리 결혼 조금 미루면 어때요?'

턱 밑까지 차오른 그 문장을 몇 번이나 누르고, 또 눌렀다.

결혼이란
하나의 역사와
또 하나의 역사가
만나는 순간이야

모
래
성

　　창밖에 출렁이는 바닷물이 해안까지 밀려 들어온
다. 동그란 굴곡에 담긴 와인잔의 밑바닥은 레드와인으로
빛났다. 한겨울, 한참 이른 바캉스를 따뜻한 호텔에서 즐
긴다. 네모로 조각낸 치즈를 입안에 녹여 먹으며 당신을
바라본다. 시선을 와인잔에 둔 당신의 눈빛이 꽤 부드럽
다. 스피커에 흘러나오는 재즈가 귀를 간지럽힌다. 80년대
파리 영화의 여주인공이 된 듯, 와인에 취해 눈에 힘을 뺀
다. 당신의 주름진 눈가와 이마가 참으로 중후하다. 당신
의 젊었을 때 모습은 잘 모른다. 그저 내 눈엔 나이 든 지
금 당신의 모습이 좋다.

비혼주의라고 입 아프게 말해왔던 내가 어쩌다 당신을 알게 되었을까. 여자 나이 마흔에 접어들면, 이제 결혼은 꿈도 꾸지 말아야 한다고 했다. 일도 참 좋아하고, 연애도 많이 했지만, 어렸을 땐 그냥 나 자신이 좋았다. 꾸준히 자기 관리 하면서 나 잘난 맛에 살았다. 그런데 마흔에 접어들고 나니 그토록 사랑했던 나 자신이 싫증났다. 한편으론 안정적인 가정을 꾸린 친구들을 보면 조금 부럽기도 했다.

주변에선 나이 든 사람을 만나는 것을 조심하라고 했는데, 그건 유부남이거나 한 번 갔다 온 사람이거나 결함이 있는 사람일 수도 있기 때문이라고 했다. 그런 소리를 들을 때마다 나는, 비혼을 선언한 나도 결함이 있는 거냐며 우스갯소리로 넘겼다. 침착한 척했지만, 마음 한편으론 복잡한 생각들이 돌았다.

세상의 모든 비혼주의자가 나처럼 외로움을 잘 타는 것은 아니었다. 오히려 완벽한 비혼주의의 사람들은 제 인생을 즐기며 잘 살았다. 해외여행을 몇 달씩 다녀오기도 했고, 그런 와중에 연금도 척척 넣고, 이것저것 하고 싶은 프로젝트를 벌리기도 했다. 저렇게 사는 것이 정말 비혼주의 삶을 제대로 즐기는 게 아닐까 싶다가도, 어쩌면 나는 무늬만 비혼주의였던 것 같다고 생각하기도 했다.

외로움을 모른다고 자신했던 건, 자기 위선에 사로잡힌

착각이었다. 나는 늘 외로웠다. 나이가 들어갈수록 잔인하리만큼 외로웠다. 혹한기에 불어닥치는, 냉랭하고 날카로운 눈보라가 맨살을 쓸고 내려가는 것처럼.

당신을 알게 되었을 때, 나는 어쩌면 그 굳은 비혼의 심지를 꺾어버릴 수 있을 것 같았다. 그러나 내가 당신과의 결혼을 꿈꿀 때마다, 당신은 집에 두고 온 아내와 자식 걱정을 했다. 나이 들어서 하는 결혼은 남들이 하는 것처럼 뚝딱 할 수 있는 게 아니었다. 그건 내 의지를 꺾는다고 해서 해결할 수 있는 문제도 아니었다.

"오늘은 집에 안 들어가면 안 돼요?" 셔츠 단추를 채우는 당신의 손을 붙잡으며 말한다.

"이틀은 안 돼. 금방 들통날 거야. 다음주에 더 진하게 보자."

당신이 내게 단호한 거절을 할 때마다 짓는 장난스러운 눈빛이 있다. 그 눈빛은 따뜻하고 너그러워서, 불안한 내 마음을 따뜻하게 안아주곤 했다. 그러나 참 서글프다. 그 따스함에 뼈가 있다. 겨울과 봄 사이, 애매한 계절에 서 있는 기분이다.

당신이 코트를 걸쳐 입고 나간다. 이제 또 언제 당신을 볼 수 있을지 모른다. 나는 테이블 위에 놓인 남은 치즈 한 조각을 입에 넣으며 창밖을 바라본다. 파도가 넘실거리며 해안가를 덮친다. 그 해변에는 누군가 엉성하게 지어놓은 모래성이 쌓여 있다. 철썩, 철썩. 파도가 조금씩 모래성 앞으로 넘어온다. 모래성은 넘어질 듯 말 듯 위태로워 보인다. 나는 남은 와인을 마시며 그 모래성을 쳐다본다. 금방이라도 쓰러질 것 같은, 연약하지만 견고한 모래성을.

추운
집

      새벽 내 뒤척이다 이부자리에서 일어났다. 냉장
고에서 페트병을 꺼냈다. 페트병 주둥이를 입에 대고 물
을 벌컥벌컥 들이켰다. 입가로 흘러내리는 물이 턱밑을
지나 가슴팍까지 내려오자, 그때야 손등으로 턱밑을 훑
었다.

 냉장고의 파란 불빛이 거실 바닥을 비췄다. 거실을 굴러
다니는 술병과 소파 위에 흐트러진 이불 그리고 굳게 닫
힌 문이 보였다. 오른쪽은 작은방이고, 왼쪽은 큰방이었
다. 나는 다시 페트병을 들어 물을 들이켰다. 아무리 물
을 마셔도 가시지 않은 갈증은 아찔한 현기증을 남겼다.

중심을 잃고 살짝 비틀거렸다가 싱크대 위에 페트병을 내려놓았다. 텅 빈 싱크대 소리가 거실에 울려 퍼졌다. 냉장고 문을 닫자, 다시 어둠이 내렸다.

아빠!

그때 어디선가 내 딸 다솔이의 목소리가 들렸다. 나는 재빨리 작은 방을 향해 고개를 돌렸다. *아빠!* 다솔이가 다시 한번 나를 불렀다. 따뜻함이 가득 찬 목소리, 봄날 햇살 같은 목소리…. 나는 왠지 모를 뜨거움과 벅찬 기분으로 작은 방문을 열었다.

순간 작은 방의 냉기가 내 온몸을 맞았다. 보일러가 돌아가지 않은, 몹시 추운 방이었다. 침대 시트가 벗겨져 매트리스 표면이 달빛에 그대로 비쳤다. 그물 모양으로 박음질을 해 놓은 매트리스는 아직도 새것이나 다름없었다. 새 물건이 주는 그 느낌, 사람의 온기 없이 차갑고 불편하기만 한 그 느낌이 마음 한쪽부터 젖어 들기 시작했다. 묵직한 돌덩이 하나가 심장을 짓눌렀다. 이걸 죄책감이라고 해야 할까, 후회라고 해야 할까.

거실로 터벅터벅 나왔다. 굳게 닫힌 안방 문이 보였다. *다솔이 엄마.* 턱밑에 맴도는 그 이름을 애써 삼키며, 천천히 안방 문을 열었다. 안방에도 찬 공기가 그득했다. 흰 커튼 사이로 아내의 모습이 살짝 보이는 듯했다. *다솔*

이 엄마. 허공에 손을 뻗자, 눈앞에 서 있던 실루엣이 안개처럼 흩어졌다. 순간 가슴이 두근거리고 아프기 시작했다.

답답한 가슴을 애써 억누르며 거실로 나왔다. 소파에 몸을 누이고 얇은 여름 이불을 덮었다. 아내가 금방이라도 내게 와서 겨울 이불을 덮어줄 것만 같았다. 다솔이가 금방이라도 달려와 내 품에서 아양을 떨 것만 같았다. 나는 고개를 저으며 소파에 얼굴을 파묻었다.

그때 현관문에서 소리가 들렸다. 삑삑. 비밀번호를 누르는 소리가 들렸다. 나는 누운 채로 얼어붙어 현관문을 쳐다보았다. 그러나 문은 열리지 않았다. 몇 분 지나지 않아 또 소리가 들렸다. 삑삑. 현관문 도어락 비밀번호를 누르는 소리 그리고 이어진 경쾌한 벨 소리. 그러나 문은 열리지 않았다. 그 현상이 몇십번이나 반복되었다. 혹시나 하는 기대는 몇십번이나 뭉개졌다. 눈가에 눈물이 주룩 흘러내렸다.

아내와 헤어지던 날이 어두운 현관문에 그려졌다. 그녀는 한 손에는 캐리어를 끌고, 한 손에는 다솔이의 손을 잡고 서 있었다.

이혼 서류는 식탁 위에 뒀어.

다솔이가 슬픈 눈으로 나와 아내를 번갈아 보았다. 우물거리는 입은 금방이라도 울음을 터뜨릴 것만 같았다.

엄마, 아빠는?

눈물이 그렁그렁한 눈으로 다솔이가 물었다. 그러나 아내도 나도 그 물음에 대답하지 못했다.

비디오테이프 되감기 하듯 연상되는 그날의 기억과 금방이라도 덜컥 열릴 것 같은 현관문을 바라보며 나는 몸을 움츠렸다. 가족으로서 함께 했던 시간이 나에겐 달콤한 꿈이었을까, 악몽이었을까. 온몸이 굳은 채로 현관문을 바라보는 나는 재회를 기대하고 있는 걸까, 아니면 두려워하고 있는 걸까. 그리고는 이내 두 눈을 질끈 감았다. 후회한들, 흘러간 시간은 다시 주워 담을 수 없었다.

만나러 가는 길

  누군가의 인생과 인생 사이에 태어나 또 하나의
생을 살게 된 저는, 어쩌면 인연을 엮기 위해 태어났는지
도 모르겠어요. 한 남자의 무책임과 한 여자의 버림으로
저의 시간은 참으로 더디게도 흘렀죠. 잘 컸다는 말로 무
심히 뱉어지기엔, 그 공들인 세월이 꽤 묵직했어요.
 한때 누군가의 골칫거리였고, 한때 누군가의 애물단지
였고, 또 한 때는 누군가의 문제이기도 했던 저는 스스
로 불행한 삶을 살고 있다고 말합니다. 반짝반짝하고 빳
빳했던 감정은 생을 살면서 낡고 닳아져 갔습니다. 누군
가의 인연으로 태어난 저는, 다른 누군가와 인연을 맺으

면서 상처받고 아파했어요. 단지 그 관계만으로 제 인생이 송두리째 뽑혀 나가는 것만 같았어요. 베어지고 쪼개져 더는 쓸모없는 존재가 된 것만 같았죠. 몸과 마음 따윈 보살필 틈이 없었어요. 제정신은 온통 닳아져 가는 감정에만 집중되어 있었어요.

누구에게도 들키고 싶지 않았던 날 것의 감정을 옷 사이에 꼭꼭 숨겨놓고, 대범한 척 지내기 시작했어요. 그러면 좀 더 저를 지킬 수 있을 줄 알았어요. 매일 밤 베갯잇을 눈물로 축축이 적시지 않을 것만 같았어요.

처음 며칠은 썩 괜찮은 시간이었어요. 메마른 감정으로 타인을 대했거든요. 나도 상처받을 일 없고, 타인도 아파할 일 없었으니까요.

하지만 거기엔 온도가 없었어요. 쩍 갈라진 사막의 마른 땅 같이, 퍼석퍼석하고 연약했죠. 누군가 손가락으로 톡 건들기만 하면 금세 무너질 것만 같았어요. 참으로 고독하더군요. 외롭고 쓸쓸한, 깊은 밤의 시간이었어요.

슬프고 아팠던, 얼굴이 빨개질 정도로 분노했던 모든 감정을 마주하는 일. 두 눈을 동그랗게 뜨고, 그 참혹한 감정과 맞서는 일. 튼튼한 나무라도, 이런 감정의 태풍이 몰아친다면 견디지 못할 거예요. 다시는 상처받고 싶지 않다는 마음이 저를 가시 돋친 고슴도치로 만들었죠.

매일 밤 저를 버린 '누군가들'을 원망하고 미워했어요. 다시 만나게 된다면 쓰디쓴 말들을 쏟아내고 싶었어요. 왜 나를 버려두고 갔느냐고, 당신 때문에 내 인생이 망가졌다고. 하지만 당신을 마주하던 날, 저는 당신에게 어떤 말도 할 수 없었습니다.

"미안해. 그때 널 보육원에 맡기는 게 아니었는데. 그때 삶이 너무 힘들었어. 그래도 거긴 밥은 굶기지 않잖아. 네가 행복할 방법은, 내 곁을 떠나는 것밖엔 없었어."

당신을 다시 만난다면, 하고 싶은 말이 많았어요. 하지만 볼품없이 야윈 당신을 다시 마주하고 나니, 나는 독한 마음을 쏟아낼 수 없었습니다. 어렴풋이 버린 이유를 이해할 수 있을 것만 같았어요.

아주 잠깐, 당신의 목소리를 들은 적이 있었어요. 아주 어릴 때였죠. 그때도 당신은 나에게 진심 같은 변명을 내뱉었죠.

"찾으러 올게."

그때 당신은 나를 안아주며 말했어요. 애써 잊고 살았던 그리움이 다시 솟구치기 시작했습니다. 당신이 밉다가도 그립고, 그립다가도 원망스러웠던 그 시간들이요.

이제 저는 당신을 원망하지 않기로 했습니다.

당신과 함께한 모든 감정을 똑바로 바라보기로 했어요.

내가 만든 허상 속 당신과 함께했던 기쁨과 분노, 그리고 슬픔까지 말입니다.

때론 머리가 아닌 가슴을 열어야만, 온전히 이해되는 것들이 있으니까요.

당신과 함께한 감정을 기억하고, 또 기억할게요.

가슴으로 당신을 이해해서, 앞으로 또 상처받지 않게 말이에요.

"2학년 8반….."

한 학기가 끝날 무렵, 대강당에 울려 퍼지는 교감 선생님의 목소리가 싫다. 8반 뒤에 따라오는 내 이름이 창피하다. 영혼은 제자리에 서 있는데, 몸뚱이만 단상을 향해 걷는다. 애들의 곁눈질과 잇새로 새어 나오는 기분 나쁜 속삭임이 강당을 가득 메운다. 나는 미간이 무너진 채로, 그러나 입가만은 은근한 미소를 띤 채 교장 선생님의 상장을 받는다. 형식적인 교장 선생님의 미소와 일그러진 나의 미간이 순식간에 지나갔다.

나는 딱히 공부를 잘하지도, 탁월한 리더십이 있는 것도 아니었다. 엄마의 치맛바람이 불어 닥칠만한, 그런 잘사는 집 애였다면 이 상황이 납득이라도 갔을 것이다. 몇몇 애들이 내 뒤에서 몰래 수군거렸다.

"쟤 왜 장학금 받는 거래?"

"아, 쟤 있잖아…."

그러면서도 정작 내 앞에선 쉬쉬하며 대화를 뭉개버리곤 했다. 그 움직임이 조금씩, 자주 보일 때마다 나는 점점 더 움츠러들었다. 수여식이 끝날 때까지 차마 고개를 들 수 없었다. 어떤 애는 대놓고 내게 묻기도 했다.

"너 왜 장학금 받아?"

그러나 그 시기와 질투를 이상한 것으로 치부할 수도 없었다. 공부도 잘하고, 특기도 있는 친구들이 받아야 하는 상을 내가 대신 받은 것 같아 마음 한편이 불편할 따름이었다.

선생님은 기초생활수급자 관련 안내를 할 때마다 나를 교무실로 불러내셨다. 가난은 은밀하게 덮으려 해도, 늘 엉성하게 튀어나왔다. 사람들의 우연한 목격에 따라 와전되며, 점점 더 나를 작게 만들었다. 가난. 그 실오라기 걸치지 않은 단어는 나를 발가벗겨 집 밖으로 쫓아냈고, 타인의 따가운 눈총을 붙였다.

다른 애들은 학원을 가거나 온라인으로 수업을 들었다.

그런데 우리 집은 컴퓨터도, 스마트폰도 없었다. 오래전 도망간 부모님은 생사조차 알지 못했다. 작은 단칸방에서 할머니와 단둘이 살았다. 밤이면 식당에서 설거지 일을 했고, 일이 끝나면 방으로 돌아와 곯아떨어지기 바빴다.

'가난하다'는 말을 더는 듣고 싶지 않았다. 나도 정당하게 공부를 잘해서 장학금을 받고 싶었다. 적어도 남들 하는 것만큼은 하면서, 당당하게 학교생활을 하고 싶은 마음뿐이었다.

"할머니, 저…."

하지만 공부를 제대로 해보고 싶다는 말은 차마 입 밖으로 떨어지지 않았다. 할머니는 주름진 얼굴로 나를 올려다보았다.

"내 딸, 뭐 주랴?"

그 표정을 보자, 불같이 들끓었던 가슴이 찬물을 끼얹은 듯 차갑게 식어버렸다.

할머니의 해진 옷과 구멍 뚫린 양말이 보였다. 그때야 눈치 보고 싶지 않던 내 마음은 권리가 아니라 사치였음을 깨달았다.

"…아녜요. 할머니."

그 말을 뱉고 베개에 얼굴을 파묻었다. 너무 속상한 나

머지 눈물이 터져 나왔다. 어깨가 들썩거렸지만, 할머니께 들킬까 봐 이불을 꽁꽁 싸매고 숨죽여 울었다.

 가난은 할머니의 탓이 아니었다. 운명이 그렇게 결정 지은 것을, 내가 어떻게 할 수도 없었다. 그 어쩔 수 없는 마음이 가시처럼 파고들었다. 이런 상황에서도 꿋꿋하게 버텨내지 못하는 내가 어리숙한 것이다.

 제가 잘할게요, 할머니. 제가 다 알아서 할게요….

 할머니께 내뱉지 못한 말을 가슴에 삭히고 또, 삭혔다.

소풍

그런 일이 있었어요.

그날도 여느 날과 다르지 않은 하루였어요. 창밖에 새 지저귀는 소리가 들렸고, 햇볕도 제법 따뜻했죠. 계절은 정확히 모르겠어요. 봄인 것 같았는데, 겨울인 것 같기도 합니다. 위잉 윙. 창문을 흔드는 바람 소리에 계절을 어렴풋이 짐작할 뿐이에요.

봄, 여름, 가을, 겨울. 둥글게 한 바퀴 돌아온 것 같아요. 봉사 활동을 좋아하는 착한 새엄마와 아빠가 저를 이곳에 데려왔어요. 보육원에 살 때 엄마 아빠를 몇 번 본 적이 있었어요. 엄마 아빠는 아이들을 참 좋아하셨죠. 언젠가 나도 저런 엄마 아빠를 만나고 싶다고 생각했어요. 내가 이 집에 온 첫날 엄마는 저에게 따뜻한 우유를 주었어요. 가슴이 두근두근 뛰었어요. 빨리 엄마 아빠 손을 잡고 소풍 가고 싶었거든요. 새 부모님의 그 따뜻한 미소에, 얼어있던 마음도 조금씩 누그러져 갔죠.

맞아요. 엄마 아빠는 따뜻한 미소를 가지고 있었어요. 그러나 시간이 흐르자, 엄마 아빠는 웃는 얼굴로 저를 밀치기 시작했어요. 하루는 엄마, 하루는 아빠였어요. 한두 번 밀쳐지기 시작했을 땐, 그래도 크게 당황하지 않았어요. 그래도 엄마 아빠니까. 날 지켜줄 분들이니까. 조금 무서웠지만 견딜 수 있었어요.

아빠가 처음 제 배를 걷어찬 날에 저는 피를 토했어요. 엄마는 내 어깨를 쥐고 흔들며 비명을 질렀어요. 어떤 화가 나는 일이 있었던지, 아니면 속상한 일이 있었나 봐요. 그런데 그 이유는 알 수가 없어요. 엄마 아빠의 힘든 걸 들어주고 싶은데, 난 아무것도 할 수가 없나 봐요. 그렇게 걷어차이고 밟히면서도, 나는 계속 엄마 아빠의 얼굴을 올려다보았어요. 너무 멀어서 흐릿해요. 얼굴이 흐릿했던 건지, 마음이 흐릿했던 건지 잘 모르겠어요. 그냥, 엄마 아빠가 어떤 사람인지 점점 더 모르게 되었어요.

온몸이 시퍼렇게 멍이 들어 저는 밤새 끙끙 앓았어요. 피가 머리끝까지 쏠려 열이 펄펄 끓고 있었는데, 엄마가 저를 일으켜 세웠어요. 저에게 따뜻한 우유를 줬어요. 처음엔 나를 미워한다고 생각했는데, 우유를 마시고 보니 나를 아직 사랑하고 있는 것 같아요. 그럼 괜찮아요. 엄마 아빠가 저를 사랑해주면, 그걸로 됐어요. 절 버리지 않으시겠죠?

그런데 오늘 밤은 많이 힘드네요. 아빠의 마지막 발길질이 눈에 선해요. 몸속에 있는 장기들이 폭탄처럼 터진 것만 같았어요. 엉덩이 밑으로 뭔가 줄줄 흐르는 느낌이 들었어요. 쉬를 하는 것도 아닌데, 응가를 하는 것도 아닌데, 이상해요. 갈비뼈가 으스러지고 뱃속은 피가 차오르는 느낌이 들어요. 엄마는 늘 그랬듯 저에게 따뜻한 우유를 줬어요. 속은 이미 뜨겁게 울렁거렸지만, 그 우유를 꼭 먹어야만 했어요. 그래야 엄마가 날 버리지 않을 테니까요.

그런 일이 있었어요.

그날도 여느 날과 다르지 않은 하루였어요. 밖에 새 지저귀는 소리가 들렸고, 햇볕도 제법 따뜻했습니다. 계절은 정확히 모르겠어요. 겨울이라고 생각했는데, 봄이었나봐요. 빛나는 수많은 손이 제 머리를 쓰다듬어 주었어요. 손들이 말했어요.

'지켜주지 못해서 미안해.'

'우리가 꼭 지켜줄게.'

그 목소리가 왠지 믿음직스럽고 따뜻해서, 푹 늦잠을 자고 싶어졌어요. 정말 저를 끝까지 지켜줄 것만 같았거든요.

아빠가 아침에 틀어놓은 텔레비전 소리가 귀에 들려요.

아동 학대… 안전… 엄벌 촉구….

이해하기 어려운 말들이 계속, 계속 쏟아져 나왔지만, 저는 스르륵 잠이 들었어요.

타인의

취향

　　너를 바라보는 것 만으로도 눈부셨다. 그걸 쑥스
럽다고 해야할까, 부끄럽다고 해야할. 붉은 감정의 다
양한 얼굴은 가끔 마음과 영혼에 깃들었다. 시선의 이끌
림을 죄악이라며 손가락질 하는 세상에서 나는 입을 꿰
매었다. 널 사랑해도 사랑한다고 말할 수 없고, 내가 아
파도 아프다고 말할 수 없는 이곳은 매우 시끄럽다. 타인
의 취향을 집요하고 끈질기게 물어 뜯는다. 사람이 사람
을 좋아하는 데에 무슨 큰 이유가 필요할까. 그렇다. 지
난날들을 스스로 고장난 영혼이라 칭해왔었던 나는 이제
화살을 다른 곳으로 돌려야만 했다. 조금씩 세상을 탓하

기 시작했다. 그렇게라도 하지 않으면 숨이 막혀 죽어버릴 것만 같았다.

학교에서 처음 널 보고 나는 입을 다물지 못했다. 너처럼 새하얗고 예쁜 사람을 태어나서 처음 보았다. 단순히 연예인을 좇는 것 같은 선망이 아니었다. 하루 종일 남몰래 너를 훔쳐보다 밤이면 너와 입술을 맞닿는 상상을 했다. 손을 잡고 함께 거리로 나아가는 꿈을 꿨다. 꿈속의 세상에선 아무도 우리에게 손가락질 하지 않았다. 동성끼리 손을 잡는다고, 어떻게 둘이 다정할 수가 있느냐고, 비웃거나 떠들지 않았다. 어쩌면 존재하지 않을 세상을 꿈꿨기에 널 더욱 갈망했는지도 모른다.

어느 날 네가 나에게 물었다.

"동성이 서로 좋아하는 거 어떻게 생각해?"

순간 얼굴이 확 달아 올랐다. 나는 고개를 들지 못하고 시선을 피하며 말했다.

"그런 사람 딱 질색이야. 정말 싫어…."

칼을 든 말은 내 마음을 몇 번이나 베었다.

혹여나 네가 나를 이상하게 생각할까봐 속 시원히 마음을 터놓지도 못했다. 나 스스로 차별이라는 프레임을 씌웠다. 가시에 예민한 풍선처럼 팽팽한 긴장감만 흘려보냈다. 도무지 아무렇지 않은 척 할 수 없었다.

펼치지 못한 진심은 매일 밤 눈물에 젖어 흐물흐물해졌다. 널 좋아하는 게 맞는지, 지금 내 감정에 착각하고 있던 건 아닌지, 의심하고 또 의심했다. 너는 아무렇지 않은데, 나만 너를 특별하게 생각하는 것 같았다. 어두운 감정이 짙어질 때마다 필사적으로 너의 눈을 피했다. 혹시라도 이 부끄러운 마음을 들키고 말까봐.

속앓이 속에는 수많은 세포들이 거품처럼 증식했다. 그 세포들은 아직 벌어지지 않은 사태에 대해 부풀려졌다. 터지지 않고 한없이, 계속. 지금은 내 정신력으로 짓누를 수 있다지만, 걷잡을 수 없이 커져버릴 때는 어떻게 해야 할까. 마냥 목놓아 울면 이 모든 감정이 끝나긴 할까.

두 무릎을 안고 눈을 감았다. 어느 날 네가 내게 물었던 말을 다시 곱씹어본다. 그리고 나의 대답을 다시 되뇐다. 그런 사람 딱 질색이야…. 나는 말없이 두 무릎에 얼굴을 묻었다.

차라리 무지개가
푸른빛이었으면 좋겠어
그럼 단계별 필요없잖아
난 단지
(네가 푸른빛이기 때문에
좋아할 뿐이라고 말할게야

유기

뒤척이고 일어난 새벽. 출근까지 세 시간이나 남았
는데, 일찍 눈이 떠졌다. 아니, 사실 잘 모르겠다. 잠을 제
대로 잔 건지, 아니면 잠깐 꿈을 꾼 건지.

 그날이 선명하게 머릿속을 떠돈다. 눈을 감으면, 흑백의
잔상이 눈앞에 그려진다. 새하얀 눈이 부서져 내리던 가로
등 밑에는 당신의 반짝이는 두 눈이 있었다. 떠나지 말라
고 울부짖던 당신은 내 바지를 붙잡고 쓰러졌다. 눈가로
눈물이 주르륵 흘러내리는데, 그래도 내가 좋다고 고백하
던 당신의 입. 나는 쓰러진 당신을 뒤로한 채 집으로 돌아

왔다.

 그로부터 하루가 지났다. 나의 하루는 엉망이었다. 함박
눈이 퍼부었던 새벽, 당신의 맑은 두 눈이 떠올랐다. 일은
손에 잡히지도 않았고, 애꿎은 엄지손톱만 파먹었다. 흐느
끼며 울던 당신의 모습이 떠올라서, 그날의 차가운 새벽
공기가 가슴을 아리게 해서.

 왜 나는 당신을 떼어내려고 했던가. 사실 나는 그동안 풀
리지 않던 일 때문에 몸과 마음을 지쳐 있었다. 인정받던
일도, 결혼을 약속한 사랑도, 모든 게 엉망이었다. 그렇게
타인에게 휩쓸린 시간은 눈처럼 차갑게 쌓여만 갔다.
 지친 시간이 쌓여 단단한 얼음이 되었을 때, 내 하루의 위
로가 되어준다고 생각했던 당신이 짐처럼 느껴지기 시작
했다. 당신은 참 예뻤는데. 예쁘다는 말로는 당신의 수많
은 단점을 받아들일 수 없었다. 내가 당신에게 지쳐갈 때
즈음, 당신은 더 처절하게 내게 애원했다. 왜 변해버렸느
냐고, 왜 사랑하지 않느냐고. 비명에 가까운 울음으로 나
는 더욱더 빠르게 지쳐갔는지도 모른다.

 당신과의 이별만이 모든 상황을 끝낼 수 있다고 생각한

나는 눈이 쏟아지던 날 밤, 당신을 가로등 밑에 버리고 왔다. 얇은 종이상자에 담요 한 장은 결코 따뜻하지 않았다. 당신은 여전히 반짝이는 두 눈으로 나를 보며 짖었다.

"멍멍!"

그러나 나는 당신이, 새로운 사람을 만나 잘 지내기를 바랐다. 아니면 이 순간을 독하게 살아가기를 바랐다. 당신이 꼭 잘 살아야만, 나도 조금 숨이 트일 것 같았다. 애써 그렇게 합리화하는 것이 나를 조금 덜 지치게 했다.

"나랑 같이 살면 감옥에 갇힌 것처럼 답답하기만 할 거야."

"멍멍!"

당신의 울음을 뒤로 한 채 이어폰을 꽂았다.

귓가에는 희망찬 캐럴이 쏟아졌지만, 마음은 온종일 함박눈이 내렸다.

아름다운 추억이었노라고
애써 포장하지마
이 세상에 정당한 이별은 없어

q.

인생은 단 한 번 뿐이라고
너무 쉽게 사랑을 결정하는 것 같아

새로운 가족을 만드는 건
내 인생의 반쪽을 주기도 하지만
타인도 자신의 인생 반쪽을 주는 거잖아

그럼 그만큼 희생을 감수해야지

a.
맞아

모든 사랑에는
하나의 불행과
두 배의 행복이 따르지만

그에 따른 세 배의 책임도
짊어질 각오가 되어 있어야 해

5부

당신이 영화에 빠지는 이유는
이상으로 도피할 수 있기 때문이겠지
냉혹한 현실은 잠시 잊자
자, 감상에 젖어 들 시간이야

밥 먹어요

좋은 날 사랑하는 사람들과 둘러 앉아
배고픈 마음에 사랑을 채워요

상냥하고 따뜻한 햇볕에
우울에 젖은 기분 말려 놓고
어서와요

우리, 함께 식사해요

매력

　　　당신의 단점을 똑바로 마주하는 일은 참으로 고통스러웠다. 왜 마음의 시야는 이토록 넓어서 불편한 진실을 예민하게 집어내는 걸까. 이해심은 범람하는 저수지처럼, 밑바닥부터 요동치기 시작했다. 넘칠 것 같은 위태로운 광경이 펼쳐질 때는 숨이 막혀 어쩔 줄을 몰랐다. 뒤틀리는 지각 변동에 몸살을 앓으면서도 나는 끝까지 당신의 단점과 마주했다. 오직 그것만이 내가 시련을 견뎌낼 수 있는 현명한 방법이었다.

　결국 단점은 갑옷을 벗어 던졌고, 매끈한 알몸으로 나의 시선 위에 헤엄쳤다.

　나는 그 단점을 '매력'이라 부르기로 했다.

　　　우리가 우리를 사랑할 때 한 계절은 절명하고 있
었다. 그 숭고하고 아름다운 시간에 사랑도 익었다. 강물
따라 흘러간 영혼이 한곳에 오래 머무르게 되었을 때, 우
리는 그것을 확신으로 보았다. 이제야 정착하게 되었다
고. 이제 떠돌아다니지 않아도 된다고. 강물에 흘려보낼
것은 불안과 슬픔이었다. 영혼을 닮은 고운 보자기에 무
거운 마음을 담았다. 나의 청춘 대신 너울너울 흘러갈 마
음이여, 안녕. 아쉬운 인사를 하고 나니 마음이 한결 가
벼워졌다.

너
에
게

가
는

길

그리움이 남긴 길을 따라 회향하던 별빛은
기우는 초승달처럼 가슴을 차갑게 찔렀어
달무리 뜬 하얀 테에 네가 보이더라

언젠가 네가 말했지
내 망양(茫洋)한 마음이 비에 굶주린 땅 같다고
적막을 가로지른 수다처럼 넌 모순이 많은 말만 남겼어

이런 마음인들 어쩌겠어
별빛의 비명은 하늘 아래
길을 잃은 내게 방향을 일러주었을 뿐이야

뒤틀린 시공간의 밤에서 나는
몇십번이나 널 찾아 헤맸어

그게 길이 없는 목적지라는 걸 알았을 때
그때야 네 부재를 인정해야 했지

꿈속에 별빛은 그리움을 따라 걸었지만
나는 아무리 발버둥 쳐도
네게 갈 수 없다는 걸 알게 되었어

이런 마음인들 어쩌겠어
다시 네가 돌아오지 않는다는 걸 알고
별빛을 지운 깊은 잠을 자야지

꽃
잎

 바람처럼 살던 인생에 여린 꽃잎 하나가 날아들
었다. 처음엔 먼지 같은 티끌이라고 생각했는데, 함께 춤
추다 보니 금세 마음이 뜨거워졌다. 꽃잎을 아끼는 마음
으로 바람결에 품었다. 꽃잎도 내 품에서 수줍게 웃었다.
그럴 때마다 나는 마음이 간질간질했다.
 어느 날 꽃잎이 나에게 말했다.
 "고마워. 네가 상냥하게 불어와서 넓은 세상을 볼 수 있
게 됐어."
 나도 꽃잎에 말했다.
 "나도 고마워. 보잘것없는 내 인생을 아름답게 만들어

줘서."

추운 겨울의 눈발 사이에 방황하던 나는 이제, 새 생명을 틔우고픈 꿈이 생겼다. 꽃의 향기를 품고 날아다니며, 꽃에서 꽃으로 열매를 맺는 봄의 노래가 되었다.

사람들은 우릴 봄바람이라고 불렀다. 모두가 우리의 이름을 뱉으며 사랑을 노래했다. 시시하고 따분했던 내 인생이 따뜻해졌다. 그래서일까? 나는 사계 중 봄을 가장 기다리게 되었다.

밤

새벽이 주는 기백은 늘 그렇듯 탐욕스럽다. 생각에 잠기는 것은 어쩌면 나의 의지가 아니라, 새벽의 의지일지도 모른다. 그 꼿꼿하고 강한 인상에 압도되어 옴짝달싹 못하게 만든다. 여자의 마음은 갈대 같다고 했던가? 아니다, 생각해보면 여자의 마음이 아니라 인간의 마음이 그런 것 같다. 새벽이 오면 그 어두운 색채에 짓눌려, 내 객관적인 의견과 생각을 피력할 수 없게 된다.

새벽의 커다란 손이 마음을 쥐고 흔들 때마다 내가 얼마나 작고 나약한 존재인지를 다시금 깨닫게 된다. 낮이면 활개를 치고 다니던 자신감과 오만함은 모든 생명이 잠든 시간에 비로소 사그라진다. 그때야 조금씩 잊고 있었던 이름과 잠들어 있던 사색이 눈을 뜬다. 아, 맞다, 하게 되는 것. 어떤 분위기에 그러쥐어지게 되는 것.

나의 삶에도 새벽같은 사람이 있었다. 그 사람의 색깔은 때론 짙은 남색이었다가도, 때론 연한 보랏빛이었다. 그 색채가 아름다워서, 그 색깔 위에 몸을 뒹군 적이 있었다. 그 사람의 색깔을 뒤집어 썼을 때, 나는 슬퍼 울었다. 그 사람은 강인한 척하는, 연약한 사람이었다.

살아 숨 쉬는 그를 이제 다시 만날 수 없지만, 때로 그 사람은 정말 새벽처럼 내게 다가왔다. 하루에 한 번씩은 꼭 그를 마주했다. 별빛이 숨죽여 생기를 비추는 밤, 당신이 내 마음에 노크하는 시간. 당신이 누워있던 침대 안쪽을 비워두면, 그 자리에 당신이 누워 날 바라본다. 두 손을 가지런히 포개 베개와 뺨 사이에 끼워서. 그러고는 정말 행복한 눈빛으로, 언젠가 날 바라보며 웃던 그 미소로 나에게 묻는다.

잘 지내고 있구나. 나도 잘 지내고 있어.

울음을 터뜨렸다. 아니, 당신 없이 잘 못 지내. 너무 힘들어. 아니라고 말하는데 당신은 내 목소리를 듣지 못하는

것만 같다. 그래, 이제 잊어야지, 잊고 잘 살아야지. 그렇
게 말하는 당신의 쓸쓸한 목소리가 매일 새벽 내 마음을
울리고 떠난다. 새벽이 끝나면, 아침 해가 뜨면, 당신은 연
기처럼 사라졌다.

 새벽이면 나타나 당신이 나를 껴안으며 또 묻겠지.

 벌써 날 잊었어? 그래, 이제 잊어야지.

 그럼 또 나는 아니라고 부정하며, 당신의 지난날들을 추
적할 것이다.

고요한 새벽에
당신은 나의 달이었고
나는 당신의 별이었다

우리가 무념은 우주는
다른 어떤 세계보다
더 깊고 찬란했다

이름을 비추는 별

잘 지냈어요? 오랜만이에요.

당신이 없는 새벽, 흩어진 별을 주워 차곡차곡 쌓아온 게 어느덧 백일이 되었네요. 습관처럼 꿈속을 헤집고 다니다가 당신 얼굴을 그려놓은 별자리를 보았어요. 크게 반짝이는 행성은 당신의 눈 밑에 맺혀 있었죠. 알아요. 당신은 별을 닮았다는 말, 참으로 진부하기 짝이 없죠.

나의 졸렬한 마음엔 당신 이름들로 가득해요. 온전히 당신의 모습을 담아낼 수 있으면 얼마나 좋을까요. 내 마음이 좁아서, 당신의 이름을 차고 넘치게 담아도 부족함을 용서하세요. 그래서 매일 밤 꿈에 당신의 얼굴이 별처럼 흩어져 보이나 봅니다.

 오늘 밤 창가에는 차갑고 깨끗한 바람이 새어 들어왔어
요. 방구석에 틀어놓은 히터가 공기를 후텁지근하게 했
지만, 창가의 차가운 냉기까지 데우지 못했죠. 새벽의 찬
기는 꼭 당신 같아서, 꿈속에 당신을 닮은 별빛을 줍나
봅니다. 눈 밑에 그늘진 그리움이 걷힐 새도 없이, 당신
은 그렇게 찬바람처럼 왔다가 가슴만 차갑게 아리고 갑
니다.

 조금 진부하지만, 가슴에 꼭꼭 눌러 담았던 진심을 쏟아
내고 싶습니다.

 그냥, 당신을 생각하면, 가슴 한구석이 벅차오릅니다.
맞습니다. 방구석에 틀어놓은 히터처럼, 금방이라도 터
질 것 같이 뜨거운 열기를 뿜어내는 것이 제 심정입니다.
좋아한다는 말보다 더 깊고, 사랑한다는 말보다 더 특별
한 말이 있다면 좋겠습니다. 내 마음을 어떤 문장으로도
형용할 수 없습니다.

 오늘도 당신 없는 새벽길을 혼자 거닐며, 당신의 얼굴을
빛내는 별을 줍습니다. 그 별을 주울 때마다 당신의 이름
을 가슴에 담습니다. 이름, 이름, 이름. 당신의 얼굴을 비
추는 그 별을 주울 때마다 당신의 이름은 더욱 찬란해집
니다. 당신도 나만큼 그리워할까, 혼자 던지는 물음은 그

저 새벽 찬 공기에 부서져 버립니다. 아무렴, 좋습니다. 당신을 그릴 수 있다는 것에 감사해야겠지요.

당신에게 내뱉지 못한 나의 진심과 가슴이 터질 것 같은 뜨거움과 형용할 수 없는 문장이 몸을 섞고 뒹굽니다. 그 문장이 눈덩이처럼 불어 머릿속을 굴러다닙니다. 이 꿈에서 깨어나면 당신은 늘 그랬듯 날 보며 안부를 묻겠죠. 그래도 괜찮습니다. 당신이 몰라도 좋습니다. 난, 그저 당신이 곁에 있기만을 바랄 뿐입니다.

꿈속에서 당신은 날 보며 환히 웃습니다. 그 미소는 꿈에서 깨어났을 때와는 전혀 다른 얼굴입니다. 나를 바라보는 당신의 뜨거운 눈빛이, 나의 그 망상이, 자꾸만 꿈속에 있기를 원합니다. 꿈속에서 우리는 어느 때보다 뜨거운 새벽을 보냅니다. 자꾸 욕심이 생깁니다. 꿈속에서나 현실에서나 당신이 한결같이, 이 뜨겁고 가슴 아린 눈빛으로 나를 바라봐주었으면 좋겠습니다. 그 눈빛에 모든 게 담겨 있습니다. 당신을 향한 나의 진심이 꿈속 당신의 눈빛에 녹아 있습니다.

그냥, 그냥. 꿈이라는 헛된 세계에서, 당신의 조각을 주우며 묻습니다.

당신도 나를 사랑하는지, 알고 싶습니다.

꿈속이니 괜히 한 번 기대해봅니다.

그냥, 그냥이라고 얼버무려도 좋습니다.

그리운
크리스마스

화이트 크리스마스를 기대했는데, 올겨울 낭만은 조금 늦게 내렸어요. 12월 끝자락에 다다라서야 펑펑 쏟아졌죠. 고요한 창밖을 보고 있으니, 마음이 숙연해지더군요. 마치 겨울이 참았던 눈물을 터뜨리는 것 같았어요. 당신이 떠올라 이렇게 편지를 써봅니다.

당신의 손이 기억나네요. 하얗고 길쭉한 손끝은 항상 차가웠는데…. 겨울이 되면 당신은 내 점퍼 주머니에 손을 찔러 넣곤 했죠. 찬바람에 붉어진 얼굴을 보이며 배시시 웃었죠. 나도 웃음을 터뜨리며 당신의 찬 손을 잡았어요. 그때의 우린 참 봄날처럼 포근하고 따뜻했어요.

그날도 지금처럼 눈이 쏟아지고 있었죠. 그런데 오늘은 어쩐지 그날보다 더 조용한 것 같아요. 담벼락 위에 소복하게 쌓인 눈이 세상의 소음을 스펀지처럼 빨아들이기 때문일까요?

겨울의 고요한 오열에 마음이 숙연해진 것은, 언젠가 당신의 모습과 닮았기 때문인지도 모르겠습니다. 그날 당신은 함박눈처럼 울었습니다. 뺨을 타고 흐르던 당신의 눈물은 턱밑에 맺혀 있었죠. 내가 할 수 있는 일은 오직 당신의 눈물을 닦아주는 것뿐이었습니다. 어떤 말도 건넬 수 없었어요. 당신도 그걸 알았는지 그저 하염없이 울기만 했었죠.

어떤 속상한 일이 있었는지, 그게 당신에게 얼마나 큰 아픔이었는지 알지 못했습니다. 차마 그걸 물어볼 용기가 나지 않았습니다. 나는 당신이 왜 우는지 궁금한 것보다, 다만 당신이 아프지 않기만을 바랐습니다. 당신을 끌어안고 어깨를 토닥였습니다. 당신은 내 품에 안겨서야 소리 내 울기 시작했습니다. 소음을 빨아들인 눈처럼, 당신의 아픔마저도 빨아들일 수 있다면 얼마나 좋았을까요. 당신은 그렇게 몇 달을 홀로 아파했습니다.

아픔을 주체할 수 없었던 당신이 먼저 이별을 뱉은 날, 그날 당신의 눈이 떠오릅니다. 그날 당신은 흔들리는 눈빛으로 나를 바라보았죠. 날 매몰차게 밀어냈지만, 떨리는 두 손은 내 손끝에서 맴돌았습니다. 허공을 휘젓던 두 손을 동그랗게 모았죠. 손끝이 빨간 당신의 두 손을 보자, 나도 당신의 손을 잡아주고 싶었습니다. 손을 뻗었지만, 다시 주머니에 손을 넣었습니다. 그날따라 주머니 속이 참으로 허전하더군요.

당신의 애처로운 두 눈빛이 나의 마음을 바라고 있는 것 같았습니다. 하지만 당신은 끝까지 이성적으로 날 밀어냈죠.

"이제 필요 없어. 가."

떨리는 목소리가 진심이 아니라고 말하는 듯했어요. 하지만 나는 더 당신 곁에 있을 수 없었습니다. 당신의 마음이 흔들릴지언정, 당신의 머리는 이미 모든 상황을 매듭지은 것 같았어요. 마지막 만남임을 직감적으로 느꼈습니다.

그 뒤로 당신의 소식을 알 수 없었습니다. 그 힘든 일은 잘 딛고 일어났는지, 어떻게 지내는지, 여전히 손끝은 차가운지 그리고 여전히 나를 기억하고 있는지. 함박눈이 쏟아지는 겨울이 오면, 당신의 얼굴이 떠오릅니다. 날 보며 배시시 웃던 수줍은 얼굴, 눈물을 닦는 얼굴, 나를 바라보던 애처로운 눈빛….

당신의 소식을 몰라도 괜찮습니다. 다만, 당신이 더 아프지 않았으면 좋겠습니다. 그래도 언젠가 우리 다시 만날 수 있다면, 다시 한번 당신의 찬 손을 잡아주고 싶습니다. 차가운 계절에 봄날 같은 환상을 꿈꾸게 해준 당신이 참 고맙습니다.

마지막으로 당신에게 전하고 싶은 말이 있습니다.

편지를 받게 된다면, 짧은 안부라도 듣고 싶습니다.

명랑한 목소리로 제 이름을 불러주신다면, 그동안 묵어 있던 그리움이 한 번에 씻겨 내려갈 것 같습니다.

당신을 많이 사랑했고, 지금도 여전히 당신을 사랑합니다.

　　　모든 게 연기처럼 사라지지 않겠죠?

　추적추적 비가 내리던 여름날, 당신이 창밖을 보며 입을 뗀 첫마디였어요. 당신의 한마디는 마치 뮤지컬 대사처럼, 바에서 흘러나오는 재즈를 타고 제 가슴을 적셨죠. 당신의 손끝에서 애처롭게 타들어 가던 담배가 붉게 반짝거릴 때, 당신의 미간에 찡그려지던 주름이 참 좋았어요.

　사람을 홀리면 사라지게 할 수도 있죠.

　내 말에 당신이 웃으며 되물었죠.

　어떻게요?

웃음 사이로 살짝 비친 당신의 송곳니가 좋아요. 그저 당신의 모든 게 좋았어요. 가슴 저민 미소도, 퀴퀴한 담배 연기도, 그걸 내뱉은 당신의 숨결과 붉은 입술도….

바텐더가 잔을 닦았어요. 한 잔, 한 잔 정성 들여 닦은 유리컵에 은은한 조명이 비쳤어요. 바 구석에 켜진 길쭉한 조명 하나가 당신 눈에도 비쳤어요. 그래서 두 눈이 반짝였던 것인지, 그래서 더 황홀하게 느껴졌던 것인지, 저는 한참 당신의 두 눈을 바라만 보았어요. 눈이 조금 슬퍼 보였는데 아마도 분위기 탓이었던 것 같아요. 당신은 아무렇지도 않았는데, 어쩐지 당신 눈은 참 깊고 슬퍼 보였어요.

내가 아무 말도 하지 않고 뜸을 들이자, 당신이 내 칵테일 잔에 들어있던 체리 꼭지를 잡았어요. 한참 그 꼭지를 비틀더니, 날름 입속으로 넣더군요. 그리고 난 뒤 갑자기 당신은 나를 쳐다보았죠. 그 눈빛엔 한껏 장난기가 배어 있었는데, 순간 가슴이 무너질 것처럼 뛰기 시작했어요. 짓궂게 한 번 웃더니 당신이 내 코앞까지 쓱 다가왔어요. 당신의 반짝이는 두 눈이 내 온 몸을 휘감아버렸죠.

…어떻게요?

당신이 되물으며 씩, 웃었어요. 송곳니. 귀엽고도 사랑스러운 그 송곳니가 눈에 보이자, 또 심장은 말할 것 없이 뛰었죠. 저는 목소리를 가다듬으며 남은 칵테일을 완전히 들이켜 버렸어요. 당신이 자세를 고쳐 앉으며 창가로 시선을 옮겼어요. 그러고는 다시 담배를 쭉, 빨았죠.

이렇게요.

그때 저도 모르게 당신의 턱을 잡아 끌어버렸어요. 나의 온 신경은 당신의 붉은 입술로 향해 있었거든요. 당신이 동그랗게 뜬 눈으로 내 얼굴을 찾을 때쯤에, 이미 내 입술은 당신의 입술로 미끄러지듯 빨려 들어갔죠. 머릿속이 온통 새하얗게 되어버렸어요. 당신이 아니면 이제 아무것도 못할 것 같아요.

거친 호흡과 진한 담배 냄새와 달짝지근한 체리 향기가 입속에서 한 대 어우러졌어요. 그때 더 참을 수 없었던 건, 공허한 공간에 가득 차는 당신의 숨결이었어요. 이제 내 귀에는 바에서 울리던 재즈가 들리지 않았죠. 참 좋았어요. 온전히 마음을 쏟아낸 그 공간에서 저는 당신의 뜨거운 입술을 맞추고 또 맞췄습니다.

그때 나의 대답도 뮤지컬 대사처럼, 당신의 가슴에 흘러 들었을까요?

입맞춤에 당신의 감정이 느껴졌던 것 같은데, 내가 그 마음을 확신해도 될까요?

유화

새벽은 도화지에 짙은 남색을 끼얹은 유화 같다. 어두운 밤하늘에 은은한 광택이 숨쉬기 때문이다. 값비싼 물감을 아끼기 위해 기름을 섞은 건데, 현실에 굴복한 것만 같은 그 어쩔 수 없는 이유가 새벽을 더욱 찬란하게 만든다. 그래서일까. '어쩔 수 없는 이유'가 주는 나의 변명이 때론 거짓보다 참에 더 가깝다고 말하고 싶다. 그립다고 쓰고, 그립지 않다고 읽으며, 견딜 수 있다고 말한다. 괜찮다. 널 보지 못해 괴롭지만, 애써 태연하게 '괜찮다'고 말하는 것이다.

밤하늘 별 길을 따라 손가락으로 붓질한다. 붓이 그린

길을 따라 투박하게 튀어나온 물감의 성미가 꽤 인간적이다. 수채화보다 명확한 듯싶다가도, 어쩔 땐 불명확하기도 하다. 창밖을 바라보며 너를 그리는 일은, 사진으로 찍어내는 완벽한 현상(現像)이 아니다. 조각조각 쪼개진 스테인드글라스처럼, 진하지만 투박한 유화처럼 네 모습은 얕게 살아 숨 쉬는 그림이다. 오히려 선명하지 않아서 좋다. 때론 불투명한 그림이 더 많은 의미를 담기도 하니까.

내 가슴에 품은 너를 위해 밤하늘에 별 몇 점을 점찍어 놓는다. 다음에 우리가 다시 만나게 된다면, 내가 점찍어 놓은 별들을 너에게 말하고 싶다. '어쩔 수 없는' 그 변명을 초월해, 너의 약지에 반지를 끼울 것이다. 별빛을 모아 하나의 현실을 완성하면, 그때 너에게 당당하게 말할 수 있을 것이다. 이제 더는 가슴 뜨거운 그리움을 느끼지 못하도록, 반드시 너를 꼭 붙들어 놓을 것이라고. 그러니 이제 우리 함께 살자고.

별빛을 가슴에 담으며, 내가 보는 시선을 따라 너도 함께 바라보고 있다고 느낀다. 그럼 이 불안정한 그리움도 안온하게 자리 잡는다. 떠난 게 아니라 곁에 있는 것이라고, 그렇게 떠는 마음을 보듬는다.

수천 개의 새벽을 홀로 보내면서 두 손 안에 담지 못할 그리움을 눈가에 적신다. 눈 부신 별빛이 턱밑으로 따끔하게 흘러내리면, 또 한 번 너의 공감을 바란다. 너도 아픈 밤을 보낼까, 너도 이만큼 외로울까, 너도 나를 그리워할까…. 잉크가 동그랗게 번진 편지지 위에 적지 않은 외로움을 담아본다. 차가운 이 새벽에 뜨거운 마음을 온전히 담아낼 용기가 나지 않는다. 사전을 꼬집어 찾아봐도 이 텅 비고 아련한 마음을 담아낼 단어가 없다. 빈 편지지에 동그란 잉크만 수없이 찍어낸다. 겨우 힘겹게 쓴 한 문장에 머리를 쥐어뜯는다.

'사랑합니다.'

그 말밖에는 표현할 방법이 없다.

이별과 봉합 사이를 오락가락하며
충동을 일으켜 온 모든 감정은
사랑 앞에 조금씩 다듬어져간다

그런데도 이 감정을 에둘러
표현할 방법이 없다
뜨거운 심장을 움켜쥐고
서럽도록 눈물을 흘려내야만
이 애절함을 설명할 수 있을까?

안개

그날의 소나기는 유리창을 뚫고 들어올 것 같은 기세였다. 진짜 비야? 비가 오는 거야? 나는 아랫입술을 질끈 깨물며 물음을 삼켰다. 사나운 겨울비가 차를 집어삼켰지만, 이 공간은 깨부수지 못했다. 엄지 옆에 돋아난 거스러미를 뜯었다. 고개 숙인 머리카락 사이로 너를 흘끔 쳐다보았다. 네가 잘 보이지 않았다. 밤을 둘러싼 먹구름과 비는 차가운 가로등 불빛마저 겹겹이 가렸다. 나는 다시 손가락을 내려다보았다. 어둠에서도 살짝 드러난 손톱은 이미 반 토막이 나 있었다.

"…노래 틀까?"

핸드폰을 켰다. 어두운 차 안에서 유일한 빛이었다. 눈부심에 눈살을 찌푸리면서도 꿋꿋이 블루투스를 켰다. 초조한 마음으로 플레이 리스트를 훑었다. 온통 우울한 발라드 음악뿐이었다. 나는 다시 핸드폰을 주머니에 넣었다. 공간은 다시 어두워졌다.

무슨 할 말이 있느냐고 묻지 않았다. 그냥, 네 입술에서 튀어나오는 첫마디를 듣고 싶지 않았다. 나는 언제부턴가 귀엽게 웃으며 지지재재 거리던 널 잃어버렸다. 아니, 어쩌면 그 모습은 가짜가 아니었을까 하고 의심하게 됐다. 단지 내가 본래의 너를 적응하지 못하는 게 아닐까? 그럼 나는 여태 누구를 사랑했던 건가? 꾸며진 너? 아니면, 그냥 너 자체?

사랑의 질량은 정해져 있었다. 사랑은 그대로인데, 사람이 변했다. 사랑을 받기만 하던 사람이 주는 법을 까먹었던지, 그저 받는 것에 익숙해졌던지. 받은 만큼 돌려주지 않으니까, 주는 사람은 항상 부족하게 느꼈다. 그래서 때론 네 어깨를 붙잡고 제대로 말하고 싶었다. *날 지치게 하지 마.* 그러나 나는 네게 쏟아부은 수많은 사랑이 깨질까 봐, 날 지키기 위한 경고마저도 할 수 없었다.

언젠가부터 불편해지기 시작한 이 만남에 어느샌가 끝을 상상했다. 나의 이별 통보에 너는 어떤 반응을 보일

까? 차라리 화를 냈으면 좋겠다. 네 마음이 식었다고 오
해하는 거라면 좋겠다. 하지만 너는 오히려 덤덤할 것 같
다. 마치 예상했던 일인 것처럼 당연하게 내게 손을 내밀
것 같다. 이제 여기까지 하자는, 마지막 작별을 의미하는
악수를.

 넙죽 엎드린 와이퍼 위로 빗물이 튀긴다. 앞 유리 위로
얇게 물안개가 끼었다. 조수석에 탄 네 얼굴을 본다. 어
둑한 차 안에서 네 표정을 전혀 알아볼 수 없다. 네 표정,
네 생각, 네 마음이 보이지 않는다. 마치 내 마음도 비가
쏟아지는 차창 밖에 서 있는 것 같다. 네 마음은 안개가
끼어 보이지 않는다. 깨끗한 수건으로 이 관계를 닦으면
조금 더 선명하게 들여다보이겠지만, 차마 닦을 용기가
나지 않는다.
 마음을 전혀 알 수가 없다. 내가 널 잘 알고 있었던 게
맞는 걸까. 함께 했던 시간이 무색하게 느껴진다.
 그냥, 너는 내가 알고 있던 사람이 아닌 것 같다.

사람들은 말했다
이 아픈 사랑도 영원하지 않다고
상처뿐인 이별만이 남는다고
그러나 사람들이 아무리 떠들어댄들
그래도 내 사랑은
쉽게 지지 않을줄 알았다

스웨터

기다란 선들은 꼭 다섯 개로 뻗은 손가락 같았
다. 둥그런 손아귀는 나무 그늘처럼 보였다가, 감옥처럼
보이기도 했다. 커튼 사이로 야트막한 햇살이 쏟아졌다.
상냥해 보이기도 하고, 날카로워 보이기도 한 그 노란 빛
은 커터칼로 자른 종이처럼 공간을 명확하게 가로지었
다. 그 빛에는 어둠에서 보이지 않던 공기 중의 티끌들이
자유롭게 날아다니고 있었다. 무릎에 턱을 댄 채 물끄러
미 하얀 먼지를 바라보았다.

 입고 있던 초록색 스웨터에서 네 냄새가 났다. 향수 냄
새 같다가도 비누 냄새 같다가도 그냥 너만의 냄새 같기

도 했다. 스웨터를 쥐고 코에 묻었다. 그리고는 무릎 사이에 그대로 코를 박았다. 한때 행복하다고 느꼈던 순간들은 참으로 비참했다. 참혹하고도 끔찍했다.

헤어지던 날, 매실매실한 웃음을 지으며 비아냥거리던 네 얼굴이 떠오른다. 어떻게 그렇게 되바라졌냐고 울부짖었지만, 너는 사랑이 그런 것 아니겠냐고 했다. 다른 좋은 사람이 생겼다는 말은 내 세상을 두 개로 쪼갰었다. 마치 중간이 없는 빛과 어둠처럼 명확하게.

드라이클리닝을 맡겨야 하는데 단 한 번도 스웨터를 빨지 못했다. 입동 때부터 입춘 때까지 한 번도 드라이하지 않은 그 스웨터를 천천히 벗었다. 가슴까지 내려오는 긴 머리카락을 정돈해 바짝 묶었다. 비죽 튀어나온 잔머리를 실핀으로 누르며 거울을 보았다. 스웨터를 벗자, 앙상한 나의 몸이 추하게 드러났다. 이렇게 볼품없는 나를 따뜻하게 감싸주었던 건 너였다. 아무것도 아닌 나를 반짝거리는 사람으로 만들어 준 게 바로, 너였다. 그동안 나는 스웨터 같은 너를 입고 있었던 건 아닐까. 한 철만 입고 다시 장롱에 들어가는 스웨터처럼, 너도 어쩌면 그런 한철 같은 사랑이었을까. 고개를 가로저으며 스웨터를 털었다.

펄럭거린 스웨터에서 먼지가 나왔다. 입을 꾹 다물고 한

번 더 털어낸다. 중력을 못 이긴 흰 먼지들은 너울너울
방 한편을 날아다녔다. 잠잠해질 기미를 보이지 않는 그
요란스러운 움직임이, 내 마음속에서도 부산하게 움직였
다. 내 곁을 떠난 너도 그렇게 얄밉게 마음속을 달려 다
녔다.

 커튼을 활짝 열어젖힌다. 착, 깔끔하게 떨어지는 소리와
함께 환한 햇살이 쏟아진다. 차가운 봄 햇살의 향기로움
이 칙칙했던 방안을 가득 메운다. 이제 이 공간에 어둠은
존재하지 않는다. 칼날같이 날카로운 흑과 빛도, 공기 중
에 부산스럽게 떠다니는 먼지도 없다. 한결 개운해진 마
음으로 숨을 크게 들이쉬었다.

 드라이를 맡길 스웨터를 한 아름 안는다. 잘끈 묶은 머
리카락이 찰랑거렸다. 몇 날 며칠 어둠이 드리워 볼썽사
나운 얼굴이라고 생각했는데, 자세히 보니 이런 모습도
꽤 괜찮았다. 이제 모든 게 괜찮았다. 아니, 천천히 괜찮
아질 테다.

안나가 열렬히 사랑했던 이가
새로운 사랑을 찾아 떠난다고 말할때
흔쾌하게 웃으며 보내주는 것이
쿨한 사랑의 정석이라면
나는 평생
쿨한 사랑이 못될것 같다

시드니의 밤

모든 게 우울했지. 그렇게 처참할 수가 없었어.

바다 너머 물 밀려 건너 온 마음은 단호하고 냉정했지. 나도 알아. 시드니의 밤이 화려했다는 걸. 그때 우리의 두 눈에 담긴 야경을 잊을 수 없었지.

너는 항상 냉정했고, 나는 항상 감정에 젖어서 우리는 전혀 다른 색깔이라고 했지. 시드니에서 마지막 밤을 보냈을 때, 너에게 파리의 감성을 설명하고 있던 내 모습이 떠올라. 나는 왜 그렇게도 몸과 마음을 다해 널 설득하려 했는지 모르겠어. 넌 참 얼음처럼 얼어붙었고, 감성이라곤 단 하나도 없는, 그저 이기적인 사람이라는 걸 알았음에도, 어쩌면 그 순간만은 나의 이기심을 따라주기를 바랐던 것 같아. 네 목젖까지 틀어 묶은 넥타이를 끌고서라도 파리로 가고 싶었으니까.

자유로운 사랑과 시와 문화가 공존하는 그곳에서는 우리의 사랑도 더 진해질 줄 알았어. 길을 잃고 거리를 배회하는 것마저도 아름다움으로 인정할 것 같은 그곳에서는 너와 한참 길을 잃고 싶었어. 바로 파리에서 말이야. 한 방향만을 똑바로 주시한 채, 주어진 일을 꾸역꾸역 해내야 했던 서울에서, 꿈을 찾아 떠난 시드니에서, 나는 조금 지쳐버렸는지도 몰라.

너는 아직 꿈을 놓을 수 없다고 했지. 아직은 치열하게 조금 더 좇아가야만 한다고. 하지만 너의 그 꿈 때문에, 지친 나의 마음마저 외면할 수 없었어. 그 총성 없는 전쟁터에서 너는 꽉 메인 넥타이만큼 답답해했었지. 휴식을 갖고 싶어 했지만, 늘 부정해왔었잖아. 조금만, 조금만, 더 참아보자. 그 '조금만'이 오히려 마음을 더욱 옥죄어 왔다는 걸, 너는 알까?

오늘 파리로 향하는 비행기를 탔어. 너는 끝내 공항에 나오지 않더라. 나는 비행기 안에서 우리가 그날 나눴던 대화들을 계속해서 곱씹는 중이야.

넌 영영 시드니에 오지 않을 거지?

응. 난 파리가 좋아.

그럼 우리는 다시 만나지 못하겠네.

왜?

나도 파리에 갈 생각이 없으니까.

그럼 어떡해? 우리 헤어지는 거야?

음…. 그렇게 되는 건가?

애매한 물음은 서로 계속 꼬리만 물었지. 헤어지게 되는 건가? 우리가? 다시 만날 수도 있지 않을까? 그럼 네가 시드니에 남아야지. 아니, 네가 파리로 오면 되잖아…. 아름다운 야경을 두 눈에 담으면서도 우리 두 사람의 마음은 혼란스럽기만 했어.

지금 생각해보니 조금 후회가 돼. 마지막 날이었는데, 우리는 밤의 끝자락까지 오지 않은 내일을 걱정했잖아. 그냥 그 순간을 즐겼으면 됐는데. 우리의 마지막을 아름답게 마무리할 수 있었는데.

그래도 괜찮아. 후회만 남은 밤이었대도, 화려했던 시드니의 추억들로 덮어볼게. 언제나 후회 속에 살 순 없으니 말이야.

넌 지금처럼 내일을 살아. 나는 오늘을 살게.

사랑해. 마지막 고백이야. 이 사랑하는 마음도 오늘로써 끝이니 말이야.

벽

턱을 괴고 창밖을 보았다. 가슴 시린 하얀 빛이 쏟아졌다. 백색의 텅 빈 마음은 공허하다 못해 서글펐다. 초점 흐린 눈으로 사물이 없는 세계를 보았다. 뒤틀린 감정의 사계는 질서 없이 무너졌다. 행복했던 순간마저 가슴 저미게 파고드는, 멈춰버린 시간이란 그런 것이었다. 마음에는 몇 번이고 환절기가 들었다. 나는 그때마다 가볍게 웃다가 또 무겁게 울었다. 차마 전하지 못했던 문장들이 뜨겁게 흘러 내렸다.

마음을 잇는 길에 벽을 세웠다. 하늘에 닿을 듯이 높게

솟은 벽은 어떤 바람에도 흔들리지 않았다. 그러나 그런 벽이라도 당신이 와서 톡톡 두드려준다면, 금세 허물어질 것이었다. 당신을 잃고, 당신을 잊고 살아간다는 것이 그리움을 완성하는 길이라면 이 '완성'에는 아무 의미가 없다. 그 불완전한 완성은 아름다운 날들에 대한 수치였다. 은하수에 빗댈 수 없을 만큼 많은 눈물을 흘렸다. 비참하게 그을린 이별에 별은 없었다. 당신이 오리라는 작은 희망은 산산이 부서진 행성 같았다.

적막 속에서 눈물을 줍고, 아픈 기억은 추억이라는 이름으로 피어났다. 그 아름다운 식물의 잎사귀를 닦으면서 나는 또 몇 번이나 슬픔을 삼켰다. 시간이 흐를수록 감정은 걷잡을 수 없이 짙어졌다. 또렷하게 보였다가 안개처럼 가려 보이지 않기도 했다. 몇 번이나 울고 몇 번이나 웃었지만 당신에게 가는 길은 나타나지 않았다. 마음 끝에 세운 장벽을 따라 걷고, 잊을 수 없는 이름을 되뇌었다. 내가 당신을 찾지 못하니, 당신이 나를 찾아주기를 바라는 마음으로.

사계를 지운 환절기에도 겨울은 왔다. 마음은 차츰 식어 기다란 혹한기를 그렸다. 마음에 불어 닥친 눈보라의 손

길이 따뜻했다. 찬기에 붉어진 뺨을 훑고 어루만졌다. 참으로 잔인하게도, 그 낯선 공기가 나를 뜨겁게 위로했다. 흘러버린 슬픈 날들을 아름답게 바라보게 하는, 참으로 묘한 기운이었다.

 시간이 켜켜이 쌓여 갈수록, 후회를 삼키고 고백을 뱉었다. 곁에 있을 때는 몰랐던 것을 이제야 알았다. 무뎌진 것을 없다며 부인해버렸던 지난 모든 감정에 진심을 말했다. 그 진심에는 일말의 거짓도 없었다. 그러나 붉은 아픔이 튀도록 마음을 자해하면서도 나는 당신의 얼굴을 갈망했다. 그게 죄라면, 나는 하루에도 몇 십번씩 죄를 짓고 있다. 당신을 그리워한 죄.

이름

      모든 것은 그렇게 아득한 꿈속으로 스며들었습니다. 아련한 꿈속에서 밤하늘은 참으로 밝았습니다. 여울진 눈빛에 추락하듯 빨려 들어가는 영혼은 지칠 줄 몰랐습니다. 자세를 고쳐 앉고 넉넉한 마음에 눈물을 적셨습니다. 그건 당신을 사랑하지 않음이 아니라는 것을, 다만 진심을 비춰 보여주고 싶었기 때문입니다. 사랑은 그렇게 달콤한 사탕을 입에 욱여 넣는 것처럼, 식탐을 부르는 일이었습니다. 저에게 그런 식탐은 간이역을 지나쳐 뻗어나가는 기관차였습니다. 당신이란 종착역을 향해 질주하는 낡은 기차.

당신의 이름을 부르는 수많은 방법중에 저는 침묵을 삼키는 것을 택했습니다. 당신이 저의 부재를 깨달아주기를 바랐기 때문입니다. 여름날 허공으로 뻗쳐 오르는 아지랑이처럼 당신의 뒷모습이 일렁이기 시작했을 때, 나는 비집고 나오는 당신의 이름을 틀어막느라고 애를 먹었습니다. 그리운 이름이 혀밑에서 맴돌았습니다. 당신을 부르면 금방이라도 돌아봐줄 것 같은데, 지금이라도 당신을 붙잡아볼까. 마음 속에 같은 이유가 몇 백번이고 튀어 나왔습니다.

하지만 끝내 당신의 이름을 부르지 않았습니다. 애써 뒤엉킨 마음에 빗질을 할 뿐입니다. 당신을 부르는 일은 이미 지겹도록 했습니다. 듣지 않는 당신은 반짝이는 뒷모습만 보일 뿐이었습니다. 사랑이라는 아름다운 현상 아래 마음은 그저 기찻길에 핀 가녀린 민들레였을 뿐입니다.

그렇게 사랑은 뜨거운 대낮을 지나 밝은 밤하늘까지 별빛으로 일렁이게 했습니다. 그 밤하늘을 바라보면서 저는 저의 유한한 시간을 한없이 내었습니다. 사랑하고, 또 사랑하고, 그 사랑 속에 진심을 담아 눈빛에 실었습니다. 한없이 시키면 고요를 삼켰습니다. 마음이 박하사탕을 먹은 것처럼 화해졌습니다. 시큰거리고 아팠습니다.

가여운 우리의 영혼에게

      아스팔트처럼 굳은 마음의 살갗 위로 빗줄기가 떨어진다. 한 방울, 두 방울. 천천히 떨어지기 시작한 그 비가 점점 더 세차게 내린다. 땅바닥을 깨부술 듯이 쏟아지는 장대비의 소음은 이 세상 모든 마음의 비명을 담고 있다. 어떤 아스팔트는 모서리가 금이 가기 시작하더니, 쩍 갈라졌다. 사람들의 발과 자동차의 무게에 조금씩 연약해져 간 것이겠지만, 애꿎은 비를 탓해본다.

 먹구름 낀 하늘에 비가 쏟아졌지만, 어쩐지 비가 비처럼 보이지 않는다. 비는 마치 날카로운 화살처럼 표면으로 직진한다. 우수수 흩어지는 빗줄기와 그 빗물을 있는 힘껏 튕겨내는 아스팔트가 요란한 신경전을 벌인다. 잿빛 하늘은 고요하기만 한데, 땅만 앓는 소리를 낸다.

비를 보면 마음이 숙연해진다. 빗물과 아스팔트의 참담한 비명 때문일까? 아니면 마음의 빈틈에 드러난 추억을 꺼내보기 때문일까? 그런 날이면 이상하게 마음은 상한 아스팔트가 된다. 빗줄기가 꽂힌 자리에 조금씩 금이 가고 갈라진다. 그걸 아스팔트의 상처라고 한다면, 마음도 아스팔트의 아픔을 이해하는 것일까. 장마가 오는 날이면 이상하게 좋았던 기억보다 아픈 기억이 먼저 떠오른다. 물웅덩이가 바깥으로 빗물을 토해내듯, 마음도 울컥 울음을 쏟아낸다.

우리가 마음이라고 부르는 그 붉은 감정은 과연 무엇일까? 마음이 상처를 입는 일이 왜 그토록 슬프게 다가오는 걸까? 달리기하다 넘어져 무릎이 까여도 '괜찮다'고 말하던 이들은, 왜 마음이 다치면 '괜찮다'고 말하지 못하는 걸까? 똑같은 상처인데, 이상하게 마음이 아픈 게 더 힘들다.

상처받지 않기 위해 마음을 단단히 감싸는 것은, 어쩌면 흘려보내고 싶지 않은 것들을 감추고 있기 때문은 아닐까. 마음은 검은 물감을 품은 물풍선 같다. 물풍선이 터지면 온몸이 다 시꺼멓게 물드는 것처럼. 마음도 어쩌면 그런 어두운 단면을 꽁꽁 싸매고 있던 건 아닐까. 그래서 상처에 예민해지고 아프지 않기 위해 부단히 애쓰는 것일지도 모른다. 남들에게 들키고 싶지 않은, 날 것 그대로의 내면. 남모르게 숨겨왔던 비밀 같은 것들을 감추기 위해서.

겨울 장대비에 담긴 날카로운 창날. 내 온몸에 창날이 꽂힌 것처럼 웅크리고선 가만히 창밖을 바라본다. 비가 우리에게 상처를 준 것도 아닌데, 얼얼해진 마음 한구석을 붙잡고 천천히 숨을 내뱉는다. 초점 잃은 눈빛은 아스팔트 위로 부옇게 부서지는 빗물의 몸짓을 본다. 절대 뚫릴 리 없는 한적한 도로의 아스팔트를 보며, 괜히 한번 가슴을 쓸어내린다. 괜찮다, 괜찮아. 속으로 되뇐 그 말은 과연 누구에게 하는 말이었을까.

우리는 살아가면서 많은 상처를 받고, 수많은 시련과 난관을 헤쳐왔다. 비로소 무언가를 성취하게 되었을 때, 우리는 과연 상처 입은 자신의 영혼들에게 심심한 위로를 건넨 적이 있었을까? 아니다. 우리는 마치 하나의 퀘스트를 끝낸 것처럼, 다음 퀘스트를 향해 뛰어갔을 뿐이다. 단 한 번이라도 자신에게 '괜찮다'고 말한 적이 없었다면, 오늘은 나에게 좀 더 너그러워지자. 달리기만 하느라 만신창이가 되었던 가여운 우리 영혼에게 오늘은, 사랑한다고 말해 보자.

혼자 남겨진 시간

초판 1쇄 발행 2021년 8월 24일

지은이 | 김희영
펴낸곳 | 문학공방
출판등록 | 2018년 11월 28일 제 25100-2018-000026호
메일 | munhak_gongbang@naver.com

ISBN 979-11-965578-4-3 [03810]